Die Nachtgalerie der Frau Eule

オイレ夫人の深夜画廊《しんやがろう》

斉藤 洋

偕成社

オイレ夫人の深夜画廊

Die Nachtgalerie der Frau Eule

Inhalt

もくじ

Ein Aussteigen
下車
7
Die Empfehlung
紹介《しょうかい》
11
Siegmundhotel
ジークムント・ホテル
25
Frau Eule
オイレ夫人
35
Der Löwe
ライオン
45
Am Morgen
朝
55

Die Flügel
翼《つばさ》
71

Das Flugzeug
飛行機
91

Zwei Mädchen
ふたりの少女
111

Die Hinweise
ヒント
123

Das Gesicht
顔
137

あとがき
154

イラストレーション／森田みちよ
装丁／タカハシデザイン室

オイレ夫人の深夜画廊

Ein Aussteigen

下車

急行列車がどこかの駅にとまったとき、すでに夜がはじまっていた。車掌《しゃしょう》が、積雪のため、列車はしばらく停車するといってきた。

時刻《じこく》をたずねると、十八時十分だといっていた。

フランツひとりしか乗っていない二等のコンパートメントは暖房《だんぼう》がきいて、暖《あたた》かく、あれから、うとうとと眠《ねむ》ってしまい、目をさましたときには、窓《まど》の外はあいかわらず駅のホームで、もうすっかり夜になっていた。

フランツはベストのポケットから時計を引っぱりだした。

まもなく午後八時だ。

ということは、二時間近く眠ってしまい、そのあいだ、列車はずっととまったきりだということだ。

「腹《はら》がへったな。」

とひとりごとをいったとき、コンパートメントのドアのガラスに人影《ひとかげ》がさした。

ノックにつづき、ゴロゴロとドアが開き、さっきの車掌が入ってきた。

「失礼いたします。」

といってから、車掌はきのどくそうな顔で言葉をつづけた。

「このさきで除雪作業《じょせつさぎょう》がおくれて、それともうしますのも、やんでいた雪がふたたびふりだしたからなのですが、そのようなわけで、本来ミュンヘン行きのこの列車は、ここイェーデシュタット中央駅、この駅止まりということになりました。」

「この駅止まりって、いきなりそんな……。」

フランツがそういうと、車掌は、

「もっとも、食堂車はまだ営業《えいぎょう》しております。こみあってはおりますが、一時間ほどお待ちいただければ、食事はできます。」

食堂車の話をしたところをみると、フランツのひとりごとが聞こえたのかもしれない。

フランツがだまっていると、車掌は、

「駅のホールの出札口《しゅっさつぐち》のさきに、食堂もあります。また、明朝のミュンヘン行きの始発は七時ですが、おそらく、その時間には発車できなかろうと思われます。くわしい情報《じょうほう》はあしたまた、駅の案内所、または掲示板《けいじばん》で……。」

といい、コンパートメントから出ていってしまった。

ベルリンを出て、とちゅうニュルンベルクの友だちのところで一泊《ぱく》し、それからミュンヘンにむかうところだった。

きっぷの有効期限《ゆうこうきげん》はまだ五日残っている。

Die Empfehlung

紹《しょう》介《かい》

フランツは網棚《あみだな》から旅行用のカバンをおろし、それを持って、列車をおりた。明るいほうにむかってホームを歩き、駅のホールにむかう。

ホームが三つあるから、いなかの駅ではないということはわかった。どのあたりかはわからないが、いずれにしても、ニュルンベルクとミュンヘンのあいだのどこかにはちがいないのだ。

ホームに人影《ひとかげ》はまばらだった。

ホールに出ると、いくつもならんだきっぷ売り場のさきに、食堂があった。古びてはいるが、清潔《せいけつ》そうだ。

中をのぞくと、ウェイターがひとり、厨房《ちゅうぼう》の出入り口に立っている。おくのほうのテーブル席に、客がひとりいる。三十を少し出たところだろう。もう少し若《わか》かったとしても、フランツより年上なことはまちがいない。近くのかべに、黒い革《かわ》のコートがかかっている。

男の下半身は見えないが、仕立てのよさそうな上着を着ている。きちんとネクタイ

をしめており、駅の食堂よりは、目ぬき通りのレストランのほうが似合《にあ》いそうだ。

店に一歩入ると、ウェイターがやってきて、

「いらっしゃいませ。おひとりですか。」

といった。

フランツはうなずいた。

「そうです。」

「では、こちらへ。」

ウェイターは男の席からひとつおいたテーブルにフランツを案内し、メニューをおいていった。

男がウェイターを呼《よ》んで、勘定《かんじょう》をはらおうとしている。

勘定がすんだところで、ウェイターがかべからコートをはずしながら、男にいった。

「先生。これからご帰省ですか？　それなら、列車はだいじょうぶですが、南のほうだと、鉄道は不通です。線路に雪がつもったとかで。」

ウェイターにうしろからコートを着せてもらいながら、男はいった。

「クリスマスに休暇《きゅうか》がとれませんでしたからね。そのかわりということで、休みをもらったのです。一週間ほど、ベルリンに帰ります。」

するとウェイターは、

「それじゃあ、一週間はかぜをひくなって、息子《むすこ》にいっておかなくちゃ。」

といって、わざとらしく顔をしかめた。

ウェイターは身なりのいい男より年上だろうが、そんなには、はなれていまい。だとすれば、息子というのはまだ子どもにちがいない。話の流れから見て、客の男は小児科《しょうにか》の医師《いし》だろう。帰るといっていたから、ベルリンが故郷《こきょう》なのかもしれない。

フランツもベルリン生まれだ。それで、フランツはその男になんとなく親しみを持った。

フランツは席を立ち、その男の正面にいき、

「ここ、いいですか？」

といった。

ほかの席はぜんぶあいているのに、わざわざそこにくるのは、ふつうなら奇妙《きみょう》だと思われるだろうが、男はそんな顔をせずに、

「どうぞ。もうあきました。」

と答えた。

フランツはいすにすわる前に、

「ベルリンのかたですか?」

ときいてみた。

「いえ。生まれはこの町なのですが、大学がベルリンだったものですから。というか、子どものときに、むこうに引《ひ》っ越《こ》したのです。」

男がこの町といったとき、はじめて、フランツは今自分がいる町の名前を知らないことに気づいた。

すると、まだそこに立っていたウェイターが、たのまれもしないのに男をフランツ

に紹介《しょうかい》した。

「こちらのかたは、ここ、イェーデシュタットの市立病院の小児科《しょうにか》の先生でしてね。わたしより若《わか》いのに、もう名医の評判《ひょうばん》で、お名前はクラウス・リヒト博士。博士っていったって、役立たずの哲学《てつがく》の博士なんかじゃなくて、医学博士ですよ。しかも、ベルリン・フンボルト大学のね。」

ベルリン・フンボルト大学といえば、この三月までフランツが学んでいた大学だ。春からミュンヘンの大学にうつり、そこで一年勉強するつもりでいる。

ウェイターは、役立たずの哲学の博士といったが、フランツの専攻《せんこう》はその哲学だった。

ウェイターのてまえ、大学で哲学を学んでいることは口に出せず、どのように自己《じこ》紹介《しょうかい》したものかと思っていると、クラウス・リヒト博士がいった。

「あなたもベルリンですね。言葉でわかります。大学生ですか？」

「ええ、まあ、そうです。フランツ・フックスベルガーといいます。ミュンヘンにいくところなんですが、列車がとまっちゃって。」

フランツがそういうと、ウェイターは、

「そりゃあ、難儀《なんぎ》なことで。車掌《しゃしょう》がなんといったか知らないが、あしたの晩《ばん》までは無理ですね。」

といってから、クラウス・リヒト博士にいった。

「先生は運がいい。八時半の夜行特急が出たら、北にいくのだって、そのあとはあしたの夜か、あさっての朝ですよ。だって、南に列車がいかなければ、南からもどってくるのもないってことですからね。」

すると、クラウス・リヒト博士はフランツにいった。

「ひょっとすると、一泊《ぱく》か、悪ければ二泊、この町にお泊まりになることになりますね。」

「なんだか、そうみたいです。」

フランツはそういい、どこか安くてよいホテルを知らないか、きいてみたかったが、そんなことをたずねるのはなれなれしすぎるかと思い、ためらっていると、ウェイターがきいてきた。

「どこか、知ってるホテルは？」

「いえ、どこも。」

と答えると、ウェイターは品さだめするように、フランツの頭からつまさきまで見て、

「お手ごろのわりにはサービスがいいっていえば、ジークムント・ホテルですね。」

といい、クラウス・リヒト博士の顔を見ていった。

「ねえ、先生。そう思いませんか。」

「ジークムント・ホテルというと、キルシュ小路《こうじ》の？　そうですね。うちの病院に入院している患者《かんじゃ》さんのところに、遠くから見舞《みま》いにきたかたなども、よく使っているようです。なにより駅から歩いていける距離《きょり》ですし。」

「だけど、部屋があいてますかね。」

フランツがウェイターにそういうと、ウェイターは、

「駅の食堂で聞いてきたっていえば、部屋がいっぱいでも、地下の貯蔵庫《ちょぞうこ》に泊《と》めてくれますよ。それより、市立病院のリヒト先生の紹介《しょうかい》だっていえば、部屋がふさがっていても、先客を貯蔵庫に入れて、あなたを客室に泊めてくれるかもしれませんね。あそこの娘《むすめ》も、先生に命をすくってもらってるんです。」

といって、クラウス・リヒト博士の顔を見た。

すると、クラウス・リヒト博士は、

「いや、そういうことは……。」

とつぶやくようにいい、コートのポケットから手袋《てぶくろ》を出して、はめた。

きょう知り合って、すぐにわかれる者がするような、ありきたりなあいさつをしたクラウス・リヒト博士は、店を出るときに立ちどまって、ふりむいた。

「フックスベルガーさんとおっしゃいましたよね。わたしはベルリンから、半年か、長くても一年ほどしかとどまらないつもりで、この町にきました。ですがもう、その予定をすぎ、さらに何年かこの町にいます。ここはよい町です。おいそぎの旅でなけ

れば、ゆっくりとおすごしください。」

「はい……。」

と答え、フランツはウェイターといっしょに、クラウス・リヒト博士を見送った。そして、その姿《すがた》が駅のホールに消えてから、席にもどり、ウェイターに定食を注文した。

料理がはこばれてきたところで、フランツがジークムント・ホテルの場所をたずねると、ウェイターは注文票の裏《うら》に、かんたんな地図を描《か》きながら、

「駅を背《せ》にして、バーンホーフ通りをまっすぐいくと、シラー通りにぶつかります。そこをとおりこすと、大通りから左に入るキルシュ小路《こうじ》というのがあります。そこを百メートルくらいいくと、右側にジークムント・ホテルがあります。」

と説明してくれた。

「何か目じるしになるようなものは？」

フランツがたずねると、ウェイターは、バーンホーフ通りからキルシュ小路に入って、そこからホテルまでのまん中あたりにしるしをつけて、いった。

「ここに、古本屋があります。ホテルと同じで右側です。でも、この時間じゃあ、まだ開いてないかもしれません。ここをべつにすると、あとはアパートがならんでいるだけで、これといって、目じるしはありません。ホテルがいちばんめだつくらいでね。」

「この時間じゃ、まだ開いてないって、それ、夜間専門《やかんせんもん》の書店ですか。」

フランツがきくと、ウェイターはいった。

「そうです。夜しかやってないんです。でも、いかがわしい本屋じゃありません。今出ていかれた先生だって、よくいらしているようですし。」

「それで、店の名前は？」

「オイレ夫人の深夜画廊《しんやがろう》。」

「深夜画廊？　書店なのに？」

「そうです。一階は古本屋ですが、二階は画廊になっていましてね。ジークムント・ホテルにお泊《と》まりでしたら、夜、いってみられたら？」

なんだか、おもしろそうだな、と思いながら、フランツがナイフとフォークを手にとったところで、常連《じょうれん》らしいふたりづれの男が店に入ってきた。それで、ウェイターはそちらのほうにいってしまった。

食事を終え、フランツが店を出たとき、時刻《じこく》は九時をまわっていた。

Siegmundhotel

ジークムント・ホテル

車掌《しゃしょう》は、雪がふたたびふりだしたといっていたが、駅から外に出てみると、雪がふるどころか、空には月がかかっていた。

地図を見るまでもなく、キルシュ小路《こうじ》はすぐに見つかった。

キルシュ小路は細く、ゆるく左にカーブしていた。そこを少し歩いていくと、青いネオン管のジークムント・ホテルという字が見えた。ホテルは道の右側にあるのだ。

小路といっても、小型の車なら、どうにか二台すれちがえるほどの車道をはさんで、これまたどうにかふたり、人がならんで歩けるほどの歩道がある。

車道には、長方形の石畳《いしだたみ》が横向きに、歩道には正方形のものがしかれている。

雪はつもっていなかったが、道路はぬれて、ところどころ月光を反射《はんしゃ》していた。

町にふってはいなくても、郊外《こうがい》でふっていれば、線路に雪がつもることもあるのだろう。

ウェイターがいっていたとおり、深夜《しんや》画廊《がろう》はとちゅうにあった。ホテルと同じ、キルシュ小路の右側だった。とはいえ、まだ店にあかりがともされていなかったので、フランツはあやうく気づかずに、とおりすぎてしまうところだった。

それが突然《とつぜん》、フランツが店のまん前をとおりかかったとき、店の中にあかりがともり、飾《かざ》りカーテンのかかったガラス窓《まど》ごしに、歩道にむかって黄色い光があふれでてきた。

その光で、ガラスに書かれた〈オイレ夫人の深夜画廊〉という、緑色でふちどられた金色の文字が影絵《かげえ》のようにうかびでた。

ガラスのはめられたドアにも、内側に飾りカーテンがつけられているので、中のようすまではわからない。

フランツはカーテンとドア枠《わく》のすきまから、中をのぞいてみたが、人がいるような気配は感じられなかった。

だが、電灯がともったということは、だれか人がいるということだ。深夜画廊という名前は興味《きょうみ》を引くし、しばらくドアの前で待っていたくなったが、それよりホテルのチェックインがさきだと思い、フランツはジークムント・ホテルにむかった。

ジークムント・ホテルは、キルシュ小路《こうじ》が終わり、小路と直角にまじわる広い道路とのかどにあった。キルシュ小路側にあるのは小さな通用口で、青いネオン管の看板《かんばん》はその上にかかっていたのだが、正面玄関《しょうめんげんかん》は広い通りに面していた。標識《ひょうしき》を見ると、〈フリードリッヒ通り〉としるしてあった。

ジークムント・ホテルは思っていたよりも大きく、フロントの横にレストランがあり、まだ営業《えいぎょう》していた。

フランツはまず、駅の食堂で紹介《しょうかい》されたことをいった。

フロントの男は服装《ふくそう》にみだれもなく、フランツをちらりと見たあと、名前とか、出身地とか、住所とか、宿泊日数《しゅくはくにっすう》とか、そういうどこのホテルでもたずねるようなことをきいたあと、宿泊料金をいった。それは、ホテルのフロアやフロント係の服装、立《た》ち居《い》ふるまいから予想した金額《きんがく》より安かった。

フランツが、列車がとまっているので、とりあえず一泊《ぱく》したいのだが、場合によっては、つまり、列車が動かないようであれば、もう一日、出立《しゅったつ》がのびるかもしれな

いというと、フロント係の男は、

「かしこまりました。お部屋は二二二号室です。三階です。」

といって、そこにあった小さなすずを鳴らした。

すぐにおくから、体の小さな初老の男が出てきて、フロント係から鍵《かぎ》を受けとると、カウンターから外に出てきた。男は灰色《はいいろ》の制服《せいふく》に、やはり灰色のつばのない小さな帽子《ぼうし》をかぶっていた。

男はフランツのトランクを持つと、

「では、ご案内いたします。こちらへ。」

といって、エレベーターのほうに歩きだした。

建物の古さからすると、エレベーターはこのごろ設置《せっち》され、それに合わせて、階段《かいだん》を改築《かいちく》したのだろうと思われた。エレベーターの三方は金網《かなあみ》で、一階あがるごとに、階段が二回、九十度まがるのが、エレベーターから見えた。

三階でエレベーターをおりると、初老の男は左にすすみ、いちばんおくの部屋にフランツを案内した。そして、かべのスイッチで部屋の電気をつけると、フランツのトランクをベッドのわきにおいた。

フランツはズボンのポケットから小銭《こぜに》を出し、それを男にわたすと、男は、

「どうもありがとうございます。」

といって、すぐに部屋から出ていこうとした。

フランツは声をかけて男をとめて、たずねた。

「すみません。このさきにある深夜画廊《しんやがろう》ですけど、何時からですか？」

男はベストのポケットにチップをしまうと、ズボンのポケットから懐中時計《かいちゅうどけい》を出して、それにちらりと目をやってから、フランツの顔を見た。

「たいていは午後十時からです。ですが、きょうは金曜日ですから、もっと早く店を開けるでしょう。もう、開いてるかもしれません。いかれてみてはいかがです。」

「それで、何時までやってるんですか。」

フランツがたずねると、男は、

「さあ、それはわかりません。でも、どんなに早くても、零時前《れいじまえ》に閉《し》まることはありません。」

と、あたりまえのように答えた。

「そんなにおそい時間に、お客がくるのでしょうか。」

フランツの問いに、男は、

「まあ、世の中には、いろいろなかたがいらっしゃいますからね。」

といったが、〈世の中〉といったとき、複数形《ふくすうけい》を使い、ちょっと笑ったように見えた。

世の中、つまり、世界をふたつにわけて、ヨーロッパの旧世界《きゅうせかい》とアメリカの新世界を合わせて、複数形にしていう学生がベルリン大学の法学部にいた。その学生は大のアメリカびいきで、いかにも、ヨーロッパだけが世界ではないといわんばかりに、〈世の中〉を複数形でいうのだった。

だが、年齢《ねんれい》からしても、その小男がアメリカびいきとは思えない。むしろ、ちょっと笑ったのは、その法学部の学生のように、フランツのこともアメリカびいきだと思い、そういって、皮肉に笑ったのかもしれない。

「ほかにご用は？」

男にきかれ、フランツは答えた。

「いえ。もういいです。どうもありがとう。」

「それでは失礼します。ありがとうございました。」

男はそういって、部屋から出ていったが、ドアを閉《し》める前に、

「お客様。」

とフランツに声をかけてきた。

フランツがドアのほうを見ると、小男はいった。

「お客様。どうしてもほしいものがあって、それが、ある店にしか売ってないとしたら、お客様はどういたします？」

フランツは、小男が何をいいたいのか見当がついた。そこで、

「たとえば、深夜画廊《しんやがろう》がそういう店だということですか。」

といった。

案《あん》の定《じょう》、小男はうなずいた。

「さようでございます。」

「なるほど……。」

フランツがつぶやき声でそういうと、小男は、わかってもらえてうれしいというようなほほえみをうかべ、ドアを閉めた。

フランツは、ともあれトランクをベッドの上にあげ、窓《まど》にかかっているカーテンを開けた。窓ガラスのむこうは鎧戸《よろいど》だった。

フランツは外がどうなっているのか、ガラス戸と鎧戸を開けてみた。

窓の外はホテルの中庭だった。

ホテルはL字形に建てられているのがわかった。

中庭をとなりの建物と仕切っているのは、低い植えこみだった。

冷たい空気が流れこんできたので、フランツはすぐに鎧戸と窓を閉めた。そして、

部屋を出ると、鍵《かぎ》をかけ、エレベーターではなく、階段《かいだん》を使って、一階のホールにおりた。そして、フロントの男に鍵《かぎ》をわたすと、

「ちょっと出かけてきます。」

といって、ホテルを出た。

あいかわらず人通りはなく、そのかわり、さきのほうに乗用車が一台、路上に駐《ちゅう》車《しゃ》しているのが見えた。

Frau Eule

オイレ夫人

ホテルにくるときにとおった道をもどり、アパートを三つとおりこした。深夜画廊《しんやがろう》のガラス窓《まど》からは、光がもれていた。

車がとまっているのは、深夜画廊の前だった。窓ごしにのぞくと、制服《せいふく》を着た運転手が乗っている。黒いセダンで、ボンネットの先端《せんたん》に、まるいメルセデスのマークが銀色に光っていた。

さっきは気づかなかったが、店の入り口の上に、銅製《どうせい》の看板《かんばん》があった。木の枝《えだ》にフクロウがとまっており、背景《はいけい》に大きな月がかかっている。枝の下に、〈オイレ夫人の深夜画廊〉とあった。

飾《かざ》りカーテンのついた入り口のドアを押《お》しあけると、ドアの内側についた小さなベルが鳴った。大きさはにぎりこぶしほどで、カウベルの形をしていた。

左右のかべは背《せ》の高い本棚《ほんだな》で、ぎっしりと本がつまっている。

店のおくの左側に螺旋階段《らせんかいだん》があり、二階につづいている。その右がカウンターで、カウンターのうしろにも本棚があった。

Die Nachtgalerie
der
Frau Eule

店に入ったすぐのところには、腰《こし》くらいの高さのガラスケースがあった。また、左右のかべの本棚《ほんだな》のあいだにも、同じくらいの高さのガラスケースがある。

おくのカウンターの手前に、スーツ姿《すがた》の男がこちらに背中《せなか》を見せて立っていた。

ドアの鐘《かね》の音で、その男がフランツのほうにふりむいた。だが、それも一瞬《いっしゅん》だった。

ふたたびこちらのほうに背中をむけ、よくとおる声で、

「おさがしいただいたペルシャのガラス器についての本は、なかなか見つからなかったのです。手に入れることができて、ほんとうにうれしく思います。それに、子どものときにわが家にあって、どこかにいってしまった『長靴《ながぐつ》をはいた猫《ねこ》』にも、ここで出会えるなんて！　オイレ夫人、どうもありがとうございました。」

といって、右手に持っていた四角い紙づつみを左手でなでた。

それから、男は、話しているあいてに、あらたに店に入ってきた者を見せようとするかのように、体をずらした。

それで、男が話していた人の姿がフランツの視界《しかい》に入った。

その人は男とカウンターのあいだに立っていた。おそらく三十代と思われる女性《じょせい》で、そでが手首まである濃《こ》い緑色の長めのワンピースを着ている。腰にはワンピースと同じ色の細いベルトがついている。

ほっそりとした体つきで、細いまゆの上の額《ひたい》は広かった。

オイレ夫人と呼《よ》ばれたことから、その女性が店の主人と思われた。

フランツと目が合うと、女性は、

「こんばんは。いらっしゃいませ。」

といった。

「それでは、これで失礼します。」

といって、男は店から出ていったが、すれちがいざまにフランツに小声でいった。

「おさがしものが見つかるといいですね。いえ、かならず見つかりますよ。」

「え、いや。はい……。」

とあいまいに答え、フランツは男が店から出ていくのを見おくった。

カランと鐘《かね》の音をたてて、ドアがしまると、店の外で車のエンジンがかかる音がした。それは安物のフォードのガラガラとうるさいばかりのエンジン音とはちがい、メルセデス特有のしめったような音だった。

発車した車がゆっくりと遠ざかっていく音が聞こえた。

だれかが、フォードの音を安キャバレーの女給《じょきゅう》のしわがれ声だとすると、メルセデスの音は貴婦人《きふじん》のささやき声だといっていたが、たしかに遠ざかっていくメルセデスの音は貴婦人のささやきというにふさわしい。とはいえ、フランツはじっさいには、貴婦人のささやき声を聞いたことなどなかったが。

その音に耳をすましていると、すぐうしろで、

「何かおさがしでしょうか？」

と声がした。

いつのまにか、女性《じょせい》がフランツのすぐそばにきていた。

「あ、いえ。とくにさがしている本があるのではないのです。奇妙《きみょう》な、あ、奇妙っ

ていうか、ちょっと変わった書店があるって、そう聞いたものですから……。」

いくらかしどろもどろになりながら、フランツが答えると、女性は、

「たしかに奇妙かもしれません。」

といってから、

「それで、どちらからいらしたのです。」

ときいた。

フランツはドアのほうを見て、右を指さして答えた。

「そこのジークムント・ホテルからです。」

すると、女性はくすりと笑い、

「どちらからかというのは、つまり……。」

といいかけたが、最後までいう前に、フランツがそれをさえぎった。

「あ、そういうことなら、ベルリンです。ミュンヘンにいくとちゅう、列車が雪でとまってしまい、それで、駅の食堂の人にジークムント・ホテルを紹介《しょうかい》され、そのとき、

このお店のことも聞いたのです。」

「食堂のかたって、フェーベルさんかしら。」

「いいえ、名前はわかりませんが、そこに市民病院の小児科《しょうにか》の先生がいらして、そのかたも、このお店をごぞんじらしくて……。」

「小児科の先生？　ひょっとして、リヒト博士かしら。お若《わか》いかたでした？」

「クラウス・リヒト博士とおっしゃっていました。」

フランツがそう答えると、なぜか、女性《じょせい》は小さくうなずき、

「わたし、深夜画廊《しんやがろう》のオーナーのオイレです。」

と名のった。

「わたしは、フランツ・フックスベルガーといいます。ベルリンの学生です。いいえ、この春からは、ミュンヘンの大学にうつることになってますが。」

「ご専攻《せんこう》は？」

「いちおう哲学《てつがく》です。」

「いちおう哲学って？」

「はい。ミュンヘンにうつっても、哲学をつづけるつもりではありますが、このごろ、ちょっと……。」

フランツは、初対面の人間にそんなことまでいうことはないと気づき、そこで言葉をとめた。

すると、オイレ夫人はそのことにはふれず、

「では、ごゆっくりごらんになっていってください。あなたに必要なものが見つかるといいのですけれど。」

といって、カウンターのほうにもどっていってしまった。

そのとき、オイレ夫人のうしろ姿《すがた》のアップにされた髪《かみ》を見て、それがやや暗い金髪《きんぱつ》だということがわかった。

柱につけられたランプ型の電灯の光で、貝の形をした髪留《かみど》めが金色に光った。

電球の光が髪留めに反射《はんしゃ》したくらいでは、さほどまぶしいはずはないのに、フラン

ツの目のおくに軽い痛《いた》みが走った。
フランツは二度、三度とまばたきをした。
そのとき、オイレ夫人の左右の肩甲骨《けんこうこつ》のあたりがぼやけて、ふくらんだように思えた。
目のおくの痛みがなくなると、そのふくらみも消えた。

Der Löwe

ライオン

左右の書棚《しょだな》には、ここからここまでは何というふうな表示《ひょうじ》はなく、それどころか、ジャンルや時代ごとにわけられることもなく、文学、美術《びじゅつ》、音楽などの古い書物がならんでいた。ドイツ語のものだけではなく、フランス語や英語、それからラテン語のものもあった。古さといたみのせいで、背表紙《せびょうし》の字が読めないものもある。

フランツは哲学《てつがく》の本がどのあたりにあるのかたずねようと、カウンターのほうに目をやった。

カウンターのむこうに、机《つくえ》があるのだろう。オイレ夫人はいすにすわって、書きものをしているようで、カウンターごしに夫人の横顔が見えた。

フランツはカウンターの手前までいき、オイレ夫人に声をかけた。

「すみません。哲学関係の本はどのあたりに？」

オイレ夫人は顔をあげ、口もとにほほえみをうかべ、つぶやくように、

「哲学？」

といった。

「ええ、そうです。哲学。哲学関係の本はどのあたりに？」

「ごらんいただければ、おわかりになるでしょうが、ジャンルごとに、本をわけているわけではないのです。ですから、どのあたりにとおっしゃられても……。」

オイレ夫人はそういってから、すこし間をおいて、いいたした。

「たとえば、だれだれの本というふうにおっしゃっていただければ、さがしてさしあげますけど。」

フランツはだれかの本をさがしているわけではなく、もし、本を見るなら、自分が専攻《せんこう》している分野のものがいいかもしれないと思っただけだった。

フランツは

「いえ、べつに。そういうことでしたら、自分でさがしてみます。」

といって、本棚《ほんだな》を見わたした。

「どうぞ、ごゆっくり。」

オイレ夫人がそういって、書きものをはじめたので、フランツはそこにいてはいけないような気がして、もといたあたりにもどろうとした。すると、オイレ夫人が顔をあげずにいった。

「ギリシャ美術《びじゅつ》の本なら、あなたのすぐ右にありますけれど。」

なぜ、オイレ夫人がギリシャ美術の本のことを口にしたのか、フランツにはわからなかった。

「ギリシャ美術？」

フランツがききかえすようにそういうと、オイレ夫人はふたたび顔をあげた。

「そう。ギリシャの美術の本です。おさがしかと思って。」

その瞬間《しゅんかん》、小さな店のたたずまいが頭にうかんだ。

それは、フランツが小さいころ近所にあった、建設材《けんせつざい》をあつかう小さな店で、グライリッヒさんという人がやっていた。グライリッヒさんは独身《どくしん》で、子ども好きだった。子どもたちが店の前をとおると、グライリッヒさんはよく、

「きょうは、学校はどうだったね？」

GREULICH

などと声をかけてきた。

フランツは木をナイフでけずって、動物などを作るのが好きだったので、よくグライリッヒさんのところに、木材のきれはしをもらいにいった。

ところが一九一四年にオーストリアの皇太子《こうたいし》が暗殺され、大戦がはじまると、グライリッヒさんは戦争にいってしまい、店はいつのまにかなくなった。

グライリッヒさんが戦争にいくというので、フランツは、もらった木材で作った小さなライオンをプレゼントしたことがあった。

「ありがとう、フランツ。こんなすてきなライオンがついていれば、フランス軍の弾《たま》はあたらないだろう。」

グライリッヒさんはそういったが、戦争が終わる前の年に、フランス兵が撃《う》った弾にあたって、亡《な》くなった。

今、ギリシャの美術《びじゅつ》という言葉を聞いて、どうしてグライリッヒさんのことを思い出したのか、フランツはわからなかった。

きっと、ギリシャとグライリッヒは文字のならびが似《に》ているからだろう。ギリシャもグライリッヒもＧｒではじまる。

ともあれ、フランツはギリシャ美術に興味《きょうみ》があるわけではなかったので、オイレ夫人に、

「いえ、べつにギリシャの彫刻《ちょうこく》には、あまり興味はありません。」

と答えたが、そのとき、なぜか自分がうそをついているような、やましい気持ちになった。

なぜ、そんな気持ちになったのか、フランツにはまるでわからない。

フランツがとまどっていると、オイレ夫人は、

「わたしは、ギリシャの美術とはもうしましたが、ギリシャの彫刻とはいっておりませんよ。」

といい、まるでのぞきこむように、フランツの目を見た。そして、いった。

「でも、興味がないとおっしゃるのであれば、失礼いたしました。ともあれ、いろい

ろな本がありますから、ごらんになっていってください。」

それから、フランツは左右の本棚《ほんだな》から、適当《てきとう》に本を引っぱりだしてながめたり、一、二ページ読んだりしてみたが、買ってまでほしいと思うものはなかった。

そこで、フランツはオイレ夫人に、

「どうもありがとう。それじゃあ、おやすみなさい。」

といって、店を出ていこうとした。

そのとき、フランツは入り口近くにあるガラスケースになんの気なしに目をやり、古い方位磁石《ほういじしゃく》と使途不明《しとふめい》の黒い小箱のあいだにあるものを見て、息をのんだ。

そこには、小さな木のライオンがあった。

フランツの記憶《きおく》では、もう少し大きかったはずだが、それは、作ったときの自分が小さかったからかもしれない。

それは、フランツがグライリッヒさんにあげたライオンにちがいなかった。

フランツは顔をガラスケースに近づけ、よくよく見てみたが、やはりあのライオンだった。

フランツは顔をあげ、カウンターにむかって声をかけた。

「オイレ夫人！　これ……。」

ところが、どこにいったのか、オイレ夫人の姿《すがた》はない。

フランツはカウンターのそばまでいき、おくをのぞいたが、やはりオイレ夫人はいない。

螺旋階段《らせんかいだん》の下から上を見あげ、フランツは呼《よ》んでみた。

「オイレ夫人！　オイレ夫人！　おられませんか？」

しかし返事はなかった。

フランツは螺旋階段をあがってみることにした。

ところが、螺旋階段をあがりきったところには、木のドアがあり、ノックしても返事はなかった。

ドアノブに手をかけたが、鍵《かぎ》がかかっているようだった。

フランツは下におり、オイレ夫人をさがしたが、見つからない。

フランツはそこで一時間ほど待ったが、オイレ夫人はもどってこなかった。

しかたなく、フランツは一度ホテルに帰り、あとでまたくることにした。そして、ホテルの部屋で一時間ほど待ち、それからふたたび深夜画廊《しんやがろう》にいってみたが、そのときにはもう、店は閉《し》まっていた。

Am Morgen

朝

朝、だれかが空を飛んでいる夢《ゆめ》を見た。

フランツは、それをどこかの荒《あ》れ地《ち》に立って見あげていた。

どうして、人が空を飛べるのだろうと、ふしぎに思っているところで、目がさめた。

飛んでいたのは、どうやら女のようで、長くて白い服を着ていた。

枕《まくら》もとにある電灯のスイッチを入れると、黄色い光が部屋にひろがった。

フランツは起きあがり、二重窓《にじゅうまど》を開けた。

朝の光がさしこんできた。

空は晴れて、すみきっている。

両手を上にあげて、のびをする。その両手を横にひろげると、子どもが飛行機ごっこをするような形になる。

だれかが空を飛んでいる夢を見て、それから、今、両手を横にひろげたせいか、フランツは赤いフォッカー戦闘機《せんとうき》のパイロット、マンフレート・フォン・リヒトホーフェン男爵《だんしゃく》のことを思い出した。

グライリッヒさんは、ベルリンの下町で建設材《けんせつざい》をあつかう商人だった。戦争でどんなてがらを立てたのかは知らない。リヒトホーフェン男爵《だんしゃく》は、敵機《てっき》を八十機も撃墜《げきつい》したエース・パイロットだ。勲章《くんしょう》ももらっている。きっと、ふたりはどこも似《に》ていないのだろう。けれども、ふたりとも、フランスで死んでしまった……。

起きたばかりの頭でそう思ったとき、フランツは昨夜のことを思い出した。ライオンだ。あのライオンはどうして、あそこにあったのだ。

フランツは身じたくをととのえると、コートを着て、ホテルを出た。閉《し》まっているだろうとは思ったが、深夜画廊《しんやがろう》にいってみることにした。案《あん》の定《じょう》、店は開いておらず、ガラス窓《まど》の緑色でふちどられた〈オイレ夫人の深夜画廊〉の金色の文字が朝日に光っていた。ドアのカーテンのすきまから中をのぞいてみたが、暗く、人のいるようすはない。

フランツはいったんホテルにもどり、一階のレストランで朝食をすますと、駅にいってみた。

人々がぞろぞろとホームに入っていくのを見て、列車の運行が復旧《ふっきゅう》したことがわかった。念のため、駅員にたずねてみると、ミュンヘン行きの急行は二時間後に出発するという。

二時間か。二時間では、もちろん、深夜画廊が開く時刻《じこく》にはならない。食堂をのぞくと、きのうのウェイターはおらず、フランツよりも年が下と思われる男が客から注文をとっていた。

フランツはホテルの部屋にもどり、考えた。

いったい、きのうのライオンだが、あれはほんとうに、あそこにあったのだろうか。奇妙《きみょう》な古本屋に入ってしまい、そこで幻《まぼろし》のようなものを見ただけなのだろうか。

駅にいくとき、フランツは、列車がとまったままでいてくれればいいと思っていた。鉄道が不通なら、旅立たないいいわけができる。

だが、いいわけとは、だれに対するいいわけだろう。

ミュンヘンの大学への編入《へんにゅう》手続《てつづ》きはもうすんでいる。しかも、学期がはじまるまでは、まだだいぶある。そんなにいそいで、ミュンヘンにいく必要はないのだ。あと一日、この町にとどまっても、だれもこまらない。早くいってミュンヘンですごす日を一日多くするか、出発をあしたにして、一日少なくするかだけではないか。

フランツはコートをはおり、一階のフロントにいき、そこで、宿泊《しゅくはく》を一日のばすことをつたえた。そして、そこにいた若《わか》い男に、

「この町の見どころというか、見るべきものというと、どんなものがあるでしょうか。」

とたずねた。

「そうですね……。」

と男がいいかけたところで、おくから、きのうの初老の男が出てきた。フランツの荷物を部屋にはこんでくれた男だ。きのうと同じ灰色《はいいろ》の制服《せいふく》に、同じ帽子《ぼうし》をかぶっている。

男は若い男に目くばせをすると、フランツの顔を見て、

「見どころですか？」

といい、話を引きついだことをしめしてから、たずねた。

「そういえば、深夜画廊《しんやがろう》はいかがでしたか？」

ライオンのことを話したものかどうか、フランツはちょっと考えたが、ライオンのことを持ちだすと、いろいろ説明せねばならなくなる。そこで、ひとまず、

「オイレ夫人というかたにお目にかかりました。」

とだけいった。

でも、それでは何もいっていないのと同じようで、失礼かと思い、

「きれいなかたですね。」

とつけくわえた。

「きれいなかた……？」

男はフランツの言葉をくりかえしてからいった。

「たしかに、きれいなご婦人《ふじん》ではあります。しかし、美しい女性商人《じょせいしょうにん》は、このドイ

ツにはごまんといますからね。」

「そうおっしゃるのは、オイレ夫人は、ただきれいなだけではないと、そういうことでしょうか。」

フランツの問いに、男はうなずいた。

「むろんそうです。それで、おさがしものは見つかりましたか。」

「べつに何かをさがしにいったわけではないのですが……。」

フランツが口ごもると、男は、

「さがしにいったのではないけれど？」

とフランツの言葉をうながした。

「それが奇妙《きみょう》なことになって。」

「奇妙なこととは？」

「その、つまり……。」

フランツがライオンの話をすべきかどうか迷《まよ》っていると、もとからいたフロント係が男に場所をゆずった。

男はフロント係がいた場所に立って、右肩《みぎかた》を少しさげ、ズボンのポケットに手をつっこんでいるようなしぐさをした。そして、ポケットから引っぱりだしたと思われるものをカウンターの上においた。

それを見て、フランツはつい、

「あ……。」

と声をあげてしまった。

それは、あのライオンだった。

男がいった。

「これ、オイレ夫人にたのまれましてね。あなたに、おかえしするようにって。」

小さな木彫《きぼ》りのライオンを手にとり、腹《はら》を上にして見てみると、そこには細い線で、

〈グライリッヒさんへ　フランツ〉

と彫《ほ》ってあった。

「どうして、これがあの店にあったのでしょう？」

ベルリンからも、フランスからも遠くはなれた、この町のホテルの従業員《じゅうぎょういん》にたずねても、そんなことはわかるはずはない。だが、フランツはそういわないではいられなかった。それは、男に対する質問《しつもん》というよりは、再会《さいかい》のおどろきの声だった。

男は答えた。

「どうして、これがあの店にあったのかって？　わたしにいわせれば、どうしてこれがオイレ夫人の深夜画廊《しんやがろう》にあったのかという疑問《ぎもん》より、もし、これがあそこになかったなら、どうして、これがないのか、という質問のほうが理にかなっていると思いますがね。」

フランツは、男のいっている意味がよくわからず、質問を変えた。

「いつ、これをオイレ夫人はあなたにわたしたのですか？」

「きのうの夜です。金曜日で、店を開けるのが早かったぶん、店じまいも早くしたようですね。店を閉《し》めたあと、ここによられて、わたしにおあずけになったのです。」

店じまいをしたすぐあとということは、おそらく、フランツが深夜画廊《しんやがろう》から、いったんホテルにもどってきていた時間だろう。

「それで、オイレ夫人はなんとおっしゃってました？」

フランツの問いに、男は答えた。

「さっき店にいらした若《わか》いおかたがお忘《わす》れになっていったので、かえしてほしいと、そうおっしゃってました。」

「わたしが忘れていった？」

「ええ。オイレ夫人は、そうおっしゃってました。ですから、わたしは、これがあそこになかったなら、どうして、これがないのか、という質問《しつもん》のほうが理にかなっているると思う、ともうしあげたのです。あなたがおき忘れになったのなら、あそこにあってあたりまえです。あれば、オイレ夫人はとどけにこられます。あなた、このホテルに泊《と》まっていると、オイレ夫人におっしゃったそうじゃないですか。だったら、オイレ夫人はとどけにこられますよ。わたしが知るかぎり、オイレ夫人はヨーロッパでいちばん誠実《せいじつ》な古物商《こぶつしょう》ですからね。お客が忘れていったものをねこばばするようなことは、けっしてなさいません。」

それから、男は、

「それでは、たしかにおわたししましたよ。」

といってから、フランツにたずねた。

「ところで、深夜画廊にお出かけになったのなら、一階の書店だけではなく、二階の画廊もごらんになりましたか?」

フランツはまず、

「どうもありがとうございます。」

とライオンの礼をいってから、答えた。

「いえ。じつは、オイレ夫人にうかがいたいことがあったのですが、どこかにいかれたようだったので、二階にいってみたのです。でも、ドアが閉《し》まっていて……。」

「それは残念でしたね。あの二階には、けっこうな美術品《びじゅっひん》がいくつもかざられておりましてね。さきほど、あなたは、この町の見どころについておたずねのようでしたが、わたしにいわせれば、市役所の古い建物よりも、市の美術館《びじゅつかん》よりも、聖《せい》マリア教会よりも、あの二階こそ見どころですよ。」

男にいわれなくても、フランツは今夜、オイレ夫人の深夜画廊《しんやがろう》にいくことにしていた。

今夜は、ぜひ二階も見せてもらおう。

フランツがそう思っていると、男はいった。

「もし、二階の画廊を見にいかれるのでしたら、その前に、時計台広場をごらんになってきたほうがいいかもしれませんね。」

「時計台広場？」

「そうです。時計台広場です。駅から西にむかう市電に乗り、一度乗り換《か》えて、オイレンブリュッケという停留所《ていりゅうじょ》でおりると、そこからそんなに遠くはありません。」

男はそういうと、カウンターの下から鉛筆《えんぴつ》と白い紙を出し、駅からオイレンブリュッケ停留所までの市電の経路《けいろ》と、停留所からの時計台広場までの地図を描《か》いてくれた。そして、こういった。

「時計台広場というのは、とくに観光地というわけではありません。ですが、深夜画廊にいかれるなら、見ておいたほうがよろしいかと思います。」

どうして、見ておいたほうがいいのか、フランツがそれをきこうとしたとき、新しい客がホテルに入ってきたようだった。

「それでは、失礼します。」

男はそういうと、カウンターから出た。そして、大きなトランクを持って玄関《げんかん》に立っている客のほうにいってしまった。

フランツはコートの内ポケットからハンカチを出すと、それでライオンをくるみ、ポケットにもどした。

オイレ（フクロウ）夫人の深夜画廊とオイレンブリュッケ（フクロウ橋）……。

フクロウ夫人とフクロウ橋。それに、時計台広場……。

どうせ夜まで時間があるのだ。そこがどんな広場であるにせよ、時計台広場にいってみよう。

フランツは、男が描《か》いてくれた地図を見ながら、そう思った。

Die Flügel

翼《つばさ》

地図のとおり、オイレンブリュッケ停留所《ていりゅうじょ》で市電をおりると、すぐ近くに運河《うんが》が流れており、橋をわたり、西方向に少し歩くと、小さな広場があった。道は広場をぬけて、西にむかっている。

あちらこちらに雪が残っている広場のまん中に、まるい人工池があり、池の中央に白いペガサス像《ぞう》があった。空を見あげ、今にも飛びたとうとしている。

翼《つばさ》のある馬の像はベルリンにもある。大都市ならどこにでもあるだろうが、ここ、時計台広場のそのペガサスは、今までフランツが見たどのペガサスよりも精悍《せいかん》で、生き生きとしていた。

フランツは池のまわりを何度もまわって、そのペガサス像をながめ、これひとつ見るだけでも、ここにきたかいがあったと思った。

しかし、翼のある動物はよいが、フランツは、翼のある天使の像や絵は好きではない。

そういうものを見るたびに、フランツは思うのだ。

天使は物理的な手段《しゅだん》で空を飛行するのではあるまい。天使は天使だということだけで、空が飛べるのだ。天使に翼は必要ないはずだ。

翼があるほうが、すごみはある。悪魔《あくま》なら、すごみを出すために、翼が必要かもしれない。だが、天使に虚勢《きょせい》はいらないだろう。

翼のある天使の絵や像を見るたびに、フランツはいやな気持ちになるのだ。

高校に入ったばかりのころ、フランツは、天使に翼があるとすれば、それこそが神はいないという証拠《しょうこ》になるのではないだろうかと思った。もし、神がいて、天使に飛行能力《ひこうのうりょく》をあたえたとすれば、翼などはいらないはずだ。神の力をもってすれば、翼などなくても、空を飛べるようにできるはずだ。その証拠に、キリスト像には翼はない。もし、神がいて、天使が神の使いなら、翼などあるはずはないのだ。

ペガサス像の正面には、時計台があった。時計台といっても、大都市の市庁舎《しちょうしゃ》の時計台のように高いものではなく、せいぜい四階建ての建物ほどの高さしかない。広場の大きさから見れば、ちょうどよい高さだろう。

時計の針は三時ちょうどをさしている。

自分の時計を出してたしかめるまでもなく、その時計はくるっているか、故障《こしょう》しているかのどちらかだった。まだ午前中なのだ。三時はありえない。

最近ぬりかえたらしく、時計台のかべは白く、まん中の入り口をはさんだ両側の縦《たて》長《なが》の窓《まど》には、白いカーテンがかかっていた。

フランツは窓に近よって、中をのぞいてみたが、カーテンにさえぎられて、何も見えなかった。

数えてみると、その時計台をべつにして、ぜんぶで十二軒《けん》の家が広場に面して立っていた。どの家も、もとは商店だったようだが、廃業《はいぎょう》してひさしいようで、商売をしている家はなかった。というより、すべて空き家のようだった。

ひとくちでいうと、それはさびれた広場だった。ホテルの男がいったように、ペガサス像《ぞう》をべつにすれば、たしかに観光地とはいえない。

フランツが見物しているあいだに、広場をとおったのは、職人《しょくにん》ふうの男がひとりだけだった。

フランツは十分ほどそこにいて、きたときとは逆経路《ぎゃくけいろ》で駅にもどり、駅前の地図で、市の美術館《びじゅつかん》と聖《せい》マリア教会をさがした。このふたつは、ホテルの男の口から出た名で、男の口ぶりから察《さっ》すると、そこが市の名所のようだったからだ。

市の美術館も聖マリア教会も、ジークムント・ホテル前のフリードリッヒ通りのつきあたりになっている市役所広場にあり、ホテルからそんなに遠くはなさそうで、駅から歩いていけそうだった。

フランツはいったんホテルの前にもどり、そのまま市役所広場にむかった。

市役所広場は時計台広場とはちがい、市電が走るような地方の小都市にふさわしい広さはあった。広場に面して、何軒《なんけん》かのレストランがあり、赤や青のテントを広場にはりだし、ストーブをおいてテラス席をもうけていた。

昼時にはまだだいぶ時間があったが、どのレストランのテラス席も、半分ほど人でうまっていた。

広場のまん中には、円形の泉《いずみ》があった。修道服《しゅうどうふく》を着た青年の像《ぞう》が中央にあり、その青年を四体の悪魔《あくま》の像がかこんでいる。青年を時計の中心とすると、悪魔像は二時と四時と八時と十時あたりで、手を青年のほうにのばしたり、両手を腰《こし》にあてたり、青年を挑発《ちょうはつ》するようなかっこうをしている。悪魔像の口からは水があふれでている。悪魔像は四体とも、青年像よりふたまわりほど小さく、みな翼《つばさ》をひろげている。

青年は聖《せい》アントニウスで、悪魔たちが誘惑《ゆうわく》しようとしているところだろう。

聖アントニウスは聖マリア教会をむいて立ち、悪魔たちには目もくれない。

聖マリア教会と美術館《びじゅつかん》は、市役所をはさんで、左右に立っている。

市役所にむかって左が聖マリア教会で、右が美術館だった。

市役所は南向きで、前に雪は残っていなかったが、北に面している建物の前には、まだ雪がある。

フランツはまず、聖マリア教会に入ってみた。

おそらく町でいちばん大きな教会なのだろう。カトリックの教会で、はでなステンドグラスを背《せ》にして、赤《あか》ん坊《ぼう》のキリストをだいたマリアのほか、聖人《せいじん》たちの像がいくつもならんでいた。

フランツは小さいころ、神がいるのかいないのか、ほとんど毎日のように考えていた。その疑問《ぎもん》はけっきょく結論《けつろん》が出てはいないが、高校のころ、どうやらいないようだという気がして、それじゃあ、生きる意味はなんなのだということになった。それがフランツに哲学《てつがく》の勉強をさせる気持ちにさせたのかもしれない。

しかし、ベルリンの大学で哲学を専攻《せんこう》しても、フランツの疑問には答えが出ず、いつまでもベルリンにいてもしかたがないと思い、大学をミュンヘンにうつすことにしたのだ。

フランツの家はプロテスタントだから、小さいときにいった教会はもちろんプロテスタントのもので、マリア像もなければ、聖人たちの像もほとんどなかった。十字架《じゅうじか》のほかには、キリストの像もなく、あるのは絵だけだった。

小学校のとき、フランツは遊び仲間にさそわれて、家から歩いて一時間ほどはなれたカトリックの教会に遠征《えんせい》したことがあった。

そのとき、フランツは教会に入るにもかかわらず、悪魔《あくま》の巣窟《そうくつ》にしのびこむような気持ちになり、心臓《しんぞう》がドキドキしたことを今でもよくおぼえている。しかし、カトリックの教会の中は、悪魔の巣窟ではなく、悪魔のかわりに、色彩《しきさい》がほどこされたキリストや聖人《せいじん》たちの像《ぞう》があちらこちらにあった。

フランツはそのひとつひとつの前に立ち、それが聖人たちの像だからというのではなく、人間をかたどった像としての美しさに見とれ、おおかたの探検《たんけん》を終えた仲間に、

「おい、フランツ。そろそろ帰ろうぜ。」

といわれるまで、じっと聖人像に見入っていた。

だが、それからフランツがひとりでその教会をおとずれるようになったかというと、そういうことはなかった。カトリックの教会にひとりで入るのは気がひけたし、家から歩いて一時間というのは、やはり小学生にとって、近い距離《きょり》ではなかったのだ。

そのかわり、それを機に、公園や広場にある王侯貴族《おうこうきぞく》や動物の像に興味《きょうみ》を持つよ

うになった。グライリッヒさんのために ライオンの像を彫《ほ》ったのも、そのころだった。

イエーデシュタットの聖マリア教会の聖像《せいぞう》は、無彩色《むさいしょく》のブロンズ像だった。

フランツはゆっくり時間をかけてそれらを見てから、今度は美術館《びじゅつかん》にいってみた。

時間はたっぷりあるし、美術館を見てしまえば、ほかに見物する場所のあてがあるわけではなかった。フランツはひとつひとつの作品をゆっくり、時間をかけて見た。

たいていはドイツ人の作品だったが、中に数点、フランスの印象派《いんしょうは》の絵があった。

美術館は、いくつもの部屋に仕切られていたが、その中のひとつに、イエーデシュタット出身の芸術家《げいじゅつか》たちの作品が陳列《ちんれつ》されているところがあった。そういう作品も、フランツはひとつひとつゆっくり見た。

それぞれの作品のプレートにある名前は、フランツの知らないものばかりだった。

ひとつひとつ見ていくうちに、さほど大きくない水彩画《すいさいが》の前で足をとめたフランツの口から、

「おや……。」

と声がもれた。

それは、さきほどいった時計台広場にあった建物のひとつに、よく似《に》ていた。

むかって左側に木のドアがあり、右側にはショーウィンドーがある。

さっき見たときは、大きな窓《まど》は板でおおわれていたが、二階の窓の形もよく似ている。それは、似ているというより、そっくりだといったほうがいい。地元の画家が描《か》いたものだから、あの広場にあった建物を描いたものだとしてもふしぎはない。

絵の右にあるプレートを見ると、タイトルはなく、画家の名があった。

〈アルフレート・フォン・ゼーラント〉とある。

フォンがつくところを見ると、貴族《きぞく》のようだ。

名前の下に生年と没年《ぼつねん》があった。

その没年から生年を引き算して、フランツは最初、計算まちがいをしたのかと思った。数が十に満たないのだ。

その絵は、子どもが描いたものだった。

そう気づくと、どこかに子どもっぽさがあったが、その絵には何か心を打つものがあり、なんというか、過去《かこ》を呼《よ》びもどして、見ている者の郷愁《きょうしゅう》をさそわずにはおかないようなところがあった。

いずれにしても、いわれなければ子どもが描いたものとは思えないだろう。

その絵は、その美術館《びじゅつかん》にあったフランス印象派《いんしょうは》の絵よりも、フランツの心に残るにちがいなかった。

フランツは、どれくらいその絵の前に立っていたかわからない。やがて、ほかの入館者が部屋に入ってきたのを機に、フランツはそこから去った。

その部屋から廊下《ろうか》に出ると、美術館の中庭が見えた。

廊下のつきあたり近くにドアがあるので、どうやら中庭に出られるようだった。

フランツはそのドアまでいき、そこから中庭に出てみた。

美術館の中庭というのは、えてして人や動物の像《ぞう》がおかれているものだ。

ひょっとして、ここにもペガサス像があるかもしれない。そして、なにしろここは美術館《びじゅつかん》なのだから、それは、さびれた小さな広場にあるものより、さらにすばらしいかもしれない……。

そう思うと、フランツの胸《むね》は期待にふくらんだ。

しかし、中庭の木々の下をぬける小道ぞいには、フリードリッヒ大王の等身大の像《ぞう》のほか、人物像がいくつかあるだけだった。

とちゅう、小道が左右にわかれ、右のほうに〈行き止まり〉という立て札が立っていた。

まだ時間はたっぷりある。

フランツは〈行き止まり〉のほうにいってみた。

たしかに一分も歩かないうちに、かべにぶつかった。

かべのむこうは市役所のようだ。

フランツがかべまでいって、さてもどろうとふりかえったとき、しげみのむこうの木々のあいだに、白っぽいものが見えた。

どうやら翼《つばさ》のさきのほうらしかった。

やはり、ここにもペガサス像があるのかと思い、しげみをぬけていくと……。

翼のある像の全身が目に入った。

それは、ペガサスではなかった。また、天使の像でもなかった。

それは、あの頭と腕《うで》のない女神像《めがみぞう》、〈サモトラケのニケ〉だった。

むろん、本物ではない。本物はもっと大きく、パリのルーヴル美術館にあるはずだ。

フランツの口からひとりごとがもれた。

「ニケ……。」

それが、〈サモトラケのニケ〉とわかった瞬間《しゅんかん》、フランツの足が一瞬《いっしゅん》とまった。

だが、ここまできたのだからと、くさむらをかきわけて、像に近づいた。

人間は、生涯《しょうがい》のうち何度か、いや何度も、こわいと思うことがあるだろう。だが、最初に恐怖《きょうふ》を味わったのはいつだったたか、それがいえる人間というのは、そうはいないのではないか。

〈サモトラケのニケ〉は、フランツに最初に恐怖心《きょうふしん》を起こさせたものだろう。少なくとも、思い出せるうちではそうだ。

それは、まだ小学校にいく前だった。フランツの父がどこかから、机《つくえ》の上にかざるのにふさわしいくらいの大きさの石膏像《せっこうぞう》を持ち帰ってきた。そして、フランツに、

「すばらしいだろ。これはな、フランツ。〈サモトラケのニケ〉といって、翼《つばさ》のある女神《めがみ》で……。」

と説明をはじめた。

どんな説明だったたか、フランツはもうおぼえていない。

おぼえているのは、その首と両腕《りょううで》のない石膏像のおそろしさだった。

フランツはあやうく泣きだすところだった。しかし、フランツの父親は男が泣くことをきらって、しかられてフランツが泣きだすと、泣いたことで、さらにしかるのだ。

フランツは両手をにぎりしめて、涙《なみだ》をこらえた。

それからしばらくして、フランツはどこかから紙粘土《かみねんど》を手に入れ、たぶん、それは

グライリッヒさんのところからだったと思うが、その紙粘土《かみねんど》で、ニケの顔と両腕《りょううで》を作った。

両腕のほうはうまくニケ像《ぞう》にくっつかなかったが、顔のほうは、切れた首の上にうまくのった。

ニケ像は父親の書斎《しょさい》の机《つくえ》の上にあったから、むろん、その〈いたずら〉はすぐに父親に発覚した。

フランツにしてみれば、それはいたずらではなく、父親の書斎に入るたびに、こわい思いをするのがいやだったから、頭と両腕を作ったのだが、やはり父親に見つかれば、しかられるにちがいなかった。

案《あん》の定《じょう》、その日、夕食の前に、フランツは父の書斎に呼《よ》ばれた。

おそるおそる書斎にいくと、父親はフランツの顔を見て、

「腕は？」

とたずねた。

紙粘土のニケの腕は、まだなまがわきのまま、フランツの部屋にあった。

父親はもう一度いった。

「腕は？」

フランツがだまっていると、父親がいった。

「腕も作ったのなら、持ってきなさい。」

フランツはすぐに自分の部屋からニケの腕を持ってきた。左右の腕は、これから〈前へならえ〉をしようとしているときのように、まだひじをまげたまま、前に出そうとしている形に作ってあった。

フランツがおそるおそるニケの二本の腕を父親にわたすと、父親はその腕を見ながら、

「いつ作ったのだ？」

といった。

「きょう……。」

「おまえが作ったのだな？」

といって、父親がフランツの顔を見おろした。

フランツがだまってうなずくと、父親は、

「そうか。」

といい、それから数秒あけて、

「もういっていい。」

といいたした。

フランツはすぐに父親の書斎《しょさい》を出た。

しかられはしなかったが、なぜしかられなかったのか、ふしぎだった。

それからしばらく、フランツは父親の書斎に入らなかった。

どれくらいあとだったか、もうおぼえていないが、つぎに父親の書斎に入ったとき、
机《つくえ》の上にも、部屋のどこにも、ニケはなかった。

ニケがどこにいってしまったのか、フランツが父親にたずねることもなく、それき

り、ニケのことはしだいに忘《わす》れていった。

小学校に入ってから、何度か〈サモトラケのニケ〉を本の写真で見たことがあったが、そのつど、フランツはすぐに本をとじた。小学生になってからも、首のないニケがこわかったのだ。さすがに高校に入るころには、写真で〈サモトラケのニケ〉を見ても、おそろしいと思わなくなった。だが、そのかわり、いったいニケはどんな顔をしていたのだろうかと、思わないではいられず、だからといって、それを想像《そうぞう》すると、子どものころの恐怖《きょうふ》がよみがえってくるようで、やはり写真から目をそらしたものだった。

今、目の前にある〈サモトラケのニケ〉の模造像《もぞうぞう》は、人の腰《こし》ほどの高さの台にのっていて、ほぼ人の身長だった。

フランツから見ると、顔のあたりは見あげるようになる。あちらこちらが風雨で黒ずんでいる。

フランツは、

「ふう……。」

とため息をつき、小道をひきかえした。

Das Flugzeug

飛行機

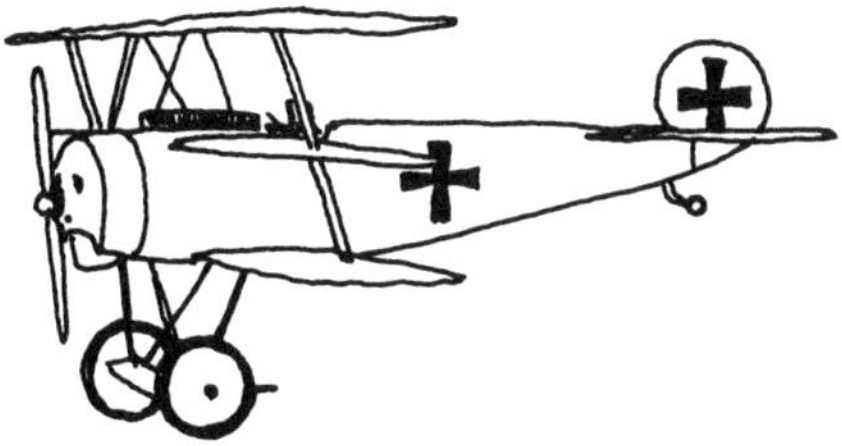

市役所の地階にあるレストランで昼食をとり、外に出たとき、市役所の塔《とう》の時計が一時を打った。

冬にはめずらしい晴天で、市役所広場の空は、光沢《こうたく》のある青いペンキでぬったように光っている。

その空のどこかから、ゴーという低い音が聞こえてきたような気がした。

フランツは広場に立ち、空をあおぎながら、体をひとまわりさせたが、鳥一羽、姿《すがた》はなかった。

赤や青のテントを広場にはりだしているレストランのテラス席は、ほとんど満員だった。

市役所の前に、町の地図があった。それによると、そこから南に二キロほどいったところに、公園があるようだった。

土曜の夜に、オイレ夫人の深夜画廊《しんやがろう》が何時に開くのかわからない。

九時に開くにせよ、十時にせよ、まだかなり時間がある。

フランツは公園にいってみることにした。

市役所から南にくだる目ぬき通りは、歩道のある広い通りで、複線《ふくせん》の市電が走っている。

二キロなら、市電に乗ってもよかったが、なにしろ時間はたくさんあるのだ。

フランツは歩くことにした。

南の空に、太陽がかかっている。

冬の太陽は低く、南にむかって歩くと、光がまぶしい。

ベルリンのウンター・デン・リンデン通りほどのにぎわいはないが、左右には商店がならび、人通りは多い。歩道と車道のあいだには、等間隔《とうかんかく》に街路樹《がいろじゅ》が植えられている。

また、低い音が聞こえたような気がして、フランツは空を見あげた。だが、やはり空には何もなかった。

いくつかの通りを横ぎっていくうちに、しだいに人通りはへっていき、公園の入り口らしいゲートが見えてきたときには、通りの左右から商店はなくなり、四階か五階建ての建物はすべて集合住宅になっていた。

石造《いしづく》りの公園のゲートをくぐると、そこは芝生《しばふ》の、といっても、季節がら緑色ではなく枯《か》れた色をしていたが、芝生の運動場というふうで、運動場とちがうのは、ところどころ、なだらかな起伏《きふく》があることだった。

それでも、ずっとさきのほうには林が見え、そのむこうがきらきらと太陽の光を反《はん》射《しゃ》していることから、そこが池か小さな湖になっていることがうかがわれる。とはいえ、岸まではここから五、六百メートルはありそうだった。

歩いたのは三十分ほどだったから、疲《つか》れていたわけではないが、フランツは南にむいたベンチに腰《こし》をおろした。

ゴゴゴ……。

また、音が聞こえた。

フランツは耳をすました。

空のどこからかだとは思うが、方角がわからない。

フランツはすわったまま、四方の空を見わたす。

やや西にかたむきだした太陽がまぶしい。

だが、まぶしい太陽のすぐ左、つまり南の空に、何か黒い点のようなものが見えた。

ゴゴゴ……。

音は、その点のほうから聞こえるような気がする。

フランツはまぶしいのをがまんして、その点を見つめた。

それがただの点ではなく、横に線が出ているように見えたとき、空の青さがいくらかうすれたように思えた。

青から水色に。しかも、ペンキの青からパステルの水色に変わっていく。

だが、いきなり空の色がうすくなるわけがない。

目がどうかしたのかと、足もとの芝生に目を落とすと、枯れた色の草が、白っぽく見える。

「なんだ……。」

そうつぶやいて、ふたたび空を見ると、空はすでに水色ですらなく、うすい灰色《はいいろ》になっている。

一瞬《いっしゅん》にして、うす雲に空全体がおおわれたのかと思ったが、太陽は空にある。

きっと、太陽のほうを見すぎたせいだろう。

フランツは右手の親指と人さし指で、両まぶたをおした。

二度、三度と軽くおしてから、手をどけ、数度まばたきをして、空を見た。

あいかわらず、空はうすい灰色だった。

ゴゴゴという音はしだいに大きくなってくる。

音が大きくなるにつれて、点に見えたものが飛行機だということがわかった。

こちらにむかって、高度をさげてくる。

近くに飛行場があるのだろうか。

いや、市役所の前の地図には、飛行場などなかった。

空はうすい灰色で、芝生《しばふ》はくすんだ白。そして、林を見れば、常緑樹《じょうりょくじゅ》の葉も緑ではなく、黒と白の濃淡《のうたん》だった。

フランツはあごをひき、自分の胸《むね》を見た。

コートはもともと黒だったが、それはもとの黒ではなく、黒を写真でうつしたときの黒になり、こげ茶色のズボンもまた、写真でうつしたときのうすい黒に変わっていた。

そして、手を見れば、手もまた、肌《はだ》の色ではなく、白かった。

フランツのまわりの世界は色をうしなっていた。

その色のない世界に、小型の複葉機《ふくようき》がおりてくる。

起伏《きふく》のないところをねらって、おりてくるようだった。

低い音はエンジンの爆音《ばくおん》だったのだ。

林すれすれに高度をさげた飛行機は、築山《つきやま》をすれすれにかすめると、そのまま、まっすぐこちらにむかって高度をさげ、フランツから数十メートルさきで着陸した。

いつでもまた離陸《りりく》できるようにということかもしれない。飛行機は百八十度向きを変え、こちらに垂直尾翼《すいちょくびよく》を見せて、停止《ていし》した。

色をなくした世界でも、その飛行機の機体の色は赤だとわかる。向きを変えるとき、垂直尾翼が白いことがわかった。

白地に黒い十字が描《えが》かれていた。

複葉機《ふくようき》といっても、その主翼《しゅよく》は二重ではなく、三重だった。

それは、フォッカー、しかも、あのフォン・リヒトホーフェン男爵《だんしゃく》のフォッカーにちがいなかった。

フランツはベンチにすわったまま、身じろぎもせずに、飛行機を見つめた。

飛行機は停止したが、まだプロペラはまわっているようだった。

エンジンがかすかにうなっている。

操縦席《そうじゅうせき》からだれかが身をのりだし、下の翼《つばさ》に足をかけ、地面にとびおりた。そして、そのままこちらにむかって歩いてくる。

帽子《ぼうし》はかぶっていない。いや、手に持っているようだ。つめえりの制服《せいふく》の下は、乗馬ズボンにブーツ。

歩きながら、手に持った帽子をかぶった。

フランツは大きく息をすい、その息をはきだしたところで、一度うしろを見た。

そこにはだれもいない。

ということは、フォッカーからおりてきた操縦士《そうじゅうし》はフランツを目ざして歩いてくるのだろう。

立ちあがって、むかえるべきだろう。

もう一度深呼吸《しんこきゅう》をして、フランツは立ちあがった。

そのときにはもう、操縦士は、顔を見わけられる距離《きょり》まできていた。

つばのある帽子をかぶってはいたが、帽子はかなり上向きだったので、顔ははっきり見えた。

フランツは写真で何度も見ているから、よく知っている。

マンフレート・フォン・リヒトホーフェン男爵《だんしゃく》だ。

男爵は二十五歳《さい》で亡《な》くなっている。男爵の死は世界中が知っている事実だ。

だが、こちらに歩いてくるのは、全世界が写真で知っている、あの男爵なのだ。

若《わか》い男爵はフランツのすぐ前までくると、

「こんにちは。」

と、ごくあたりまえのあいさつをした。

「こんにちは。」

フランツもあたりまえのあいさつをした。だが、それきり何をいっていいのかわからず、だまって男爵の顔を見ていると、男爵は、

「席をすすめないのかね?」

といって、フランツがすわっていたベンチに目をやった。

「あ……。」

とフランツは、ベンチを手でしめして、

「どうぞ。」

といった。

「ありがとう。」

男爵《だんしゃく》は小さくうなずき、ベンチに腰《こし》かけてから、いった。

「きみもすわったらどうだ。」

「はい。」

フランツが男爵の横に、人ひとり分くらいのあいだをおいてすわると、男爵は飛行機に目をやった。

つられて、フランツも飛行機を見た。

フランツの左には男爵がすわっている。

男爵が飛行機を見たまま、いった。

「じつは、かえしてもらいにきたのだ。」

男爵がなんのことをいっているのかわからず、フランツはだまって、男爵の顔を見た。

男爵は飛行機から視線《しせん》をフランツの顔にうつして、いった。

「ライオンだ。きみが作ったライオンだ。」

「あ……。」

とつぶやき、フランツはコートのポケットからハンカチにつつまれたライオンを出した。そして、ハンカチだけポケットにもどし、てのひらにライオンを残して、その手を男爵のほうにさしだした。

「これですか。」

男爵はフランツのてのひらにのっているライオンを見てうなずき、

「そうだ。」

といって、フランツのほうに体をむけて、右手でライオンをつまんだ。

フランツはいった。

「ですが、どうして、それをあなたがとりにいらしたのです。それは、グライリッヒさんにあげたものなのですが。」

「むろん、わかっている。わたしはクルトにたのまれてきたのだ。」

「クルト?」

「そうだ。クルト。クルト・グライリッヒ伍長《ごちょう》だ。」

フランツも、フランツの友だちたちも、グライリッヒさんのことは〈グライリッヒさん〉と呼《よ》んでいた。グライリッヒさんの名がクルトだということは今まで知らなかった。それから、軍隊では伍長だったということも知らなかった。

「グライリッヒさんにたのまれて、そのライオンをとりにきたのですか。」

「そうだ。」

「どうして、グライリッヒさんが自分でこないのです?」

「どうしてだって?」

といって、男爵《だんしゃく》は飛行機を見た。

そして、いった。

「フランスからここまで、歩いてこいというのか？」

とフランツがつい納得《なっとく》しそうになってつぶやくと、男爵はフランツに視線《しせん》をもどして、

「あ、そういう……。」

にやっと笑った。

「冗談《じょうだん》だ。クルトもわたしも、いつまでもフランスにいるわけではない。もう戦争は終わった。」

それから、男爵は、

「それも冗談だ。戦争が終わったから、わたしたちがフランスにいないのではない。」

といい、さらに、

「きみは、クルトの最期《さいご》を知っているか。」

とたずねた。

フランツは小さく首をふった。

「いいえ。」

男爵《だんしゃく》は答えた。

「塹壕《ざんごう》から出て、突撃《とつげき》しているときに、フランス兵が撃《う》ってきた弾《たま》にあたったのだ。一瞬《いっしゅん》のできごとだ。とはいっても、見ていたわけではない。そのときわたしは、べつのところにいた。あとで、クルトからきいたのだ。」

それから、男爵はフランツにたずねた。

「ところで、きみは、わたしがイギリスの戦闘機《せんとうき》に撃墜《げきつい》されたと思っているのか？」

フランツはそう聞いていたが、じつのところ、マンフレート・フォン・リヒトホーフェン男爵ともあろうものが、空中戦で負けたとは思えなかった。

「はい。あ、いえ……。」

フランツがあいまいに答えると、男爵はいった。

「イギリス機に撃墜されたということになっているとすれば、それはまちがいだ。わたしは、オーストラリアの兵隊が地上から撃った弾にあたったのだ。きみ、オーストラリアだぞ。カンガルーの国だ。いくらイギリスの属国《ぞっこく》だからといって、はるばるカンガルーの国から、ヨーロッパまで戦争をしにくることもあるまいに。」

それから、男爵は、

「ハハハ。」

と声をあげて笑った。しかし、すぐに真顔にもどって、いいたした。

「しかし、イギリスの戦闘機に撃墜されようが、カンガルーの友だちに撃たれようが、たいして変わりはない。」

フランツはどう答えていいかわからず、ただ男爵の顔を見つづけるしかなかった。

男爵はさらにいった。

「いいことを教えてやろう。出撃《しゅつげき》をかさねるたびに、経験《けいけん》がふえるから、撃墜される確率《かくりつ》はへっていく。だが、ゼロにはならない。どういう形であるにせよ、戦争がつづくかぎり、どこかで撃墜されるのだ。」

それから男爵は、

「さて。」

といって、立ちあがった。

「では、これで失礼する。クルトにことづけはあるかね。」

そういわれても、すぐに何か言葉を思いつかず、フランツは、

「いえ……。」

といってから、たずねた。

「しかし、どうして、そのライオンがこの町にあったのです？」

「さあ、そんなことは、わたしにはわからない。わたしは、きみがここにいるから、ライオンをかえしてもらってきてくれと、クルトにたのまれただけだからな。しかし、憶測《おくそく》でものをいっていいなら、思い出してほしかったからではないか。」

「思い出すって、グライリッヒさんのことをですか？」

「クルトのこと？　さあ、それはどうかな。」

「それでは何を？」

「クルトがきみに何を思い出してほしいかはクルトの問題だし、きみが何を思い出す

かは、やはりわたしの問題ではない。それでは失礼するよ。」

男爵《だんしゃく》はそういうと、飛行機のほうに歩いていってしまった。

「待ってください。」

フランツは男爵を追おうとしたが、さっきは立てたのに、今は体がしびれたようになって、立ちあがれなかった。

男爵はふりむきもせず、飛行機にもどると、翼《つばさ》に足をかけ、操縦席《そうじゅうせき》に乗りこんだ。

低くうなりつづけていたエンジン音が高くなり、飛行機が芝生《しばふ》の上をすべりだす。

遠ざかるにつれ、飛行機はふわりとうき、そのまま上昇《じょうしょう》し、林をかすめて、やがて南の空に消えた。

飛行機が見えなくなると同時に、うすい灰色だった空が青くなり、フランツのまわりに色がもどってきた。

立ちあがろうとすると、今度はうまくいった。

フランツはあたりを見まわした。

あちらにひとり、こちらにふたりと、人の姿《すがた》があった。だが、どの人もフランツのほうを見ているわけでもなければ、南の空をながめているわけでもなかった。

Zwei Mädchen

ふたりの少女

公園を出て、駅のほうにむかって歩きだしたとき、北の空に雲がわき、それがしだいに南にひろがってきた。

市電の停留所《ていりゅうじょ》があったので、路線図を見ると、〈フリードリッヒ通り〉という文字が目に入った。それなら、駅までいかなくても、ホテルの近くまで市電でもどれるのではないかと、フランツはベストのポケットから時計を出し、時刻表《じこくひょう》と見くらべた。うまいぐあいに、まもなくそちらにいく市電がくるようだった。

停留所には、ふたり先客がいた。ふたりとも少女で、年は十五、六だろう。

ひとりが、

「簿記《ぼき》の成績《せいせき》がちょっとねえ……。」

といったところをみると、実業学校の生徒らしい。

フランツが聞くともなしに聞いていると、話は授業《じゅぎょう》のことからボーイフレンドのことにうつり、ひとりが、

「だけど、男の子の気持ちって、よくわからないよね。」

というと、もうひとりが答えた。

「うん。ママがいってたけど、たとえばシロクマっているでしょ。」

フランツは、このふたつの言葉がどうつながるのか、わからなかった。

男の子の気持ちがわからないという命題に対し、いきなりシロクマを出してくる女の子の気持ちのほうがわからない。

フランツなら、

「男の子の気持ちとシロクマに、どういう関係があるのだ。」

とききかえすだろう。

だが、シロクマを持ちだされた少女は、そうはいわず、

「シロクマ？　うん、去年、ベルリンにいったとき、動物園で見たよ。」

といった。

つまり、男の子の気持ちがわからないという問題よりも、いつ自分が最後にシロクマを見たかということのほうが、とうとつに、優先順位《ゆうせんじゅんい》があがってしまうのだ。

その子はそのあと、言葉をつづけた。

「でも、シロクマがどうしたの？」

すると、シロクマを持ちだした少女がいった。

「シロクマだって、オスのとメスのがいるでしょ。」

なるほど、ここで男女のことに問題がもどってくるのかと、自分には関係ないのに、フランツはへんに安心した。

その少女の問いは、もうひとりに、

「そりゃあ、そうよね。」

とふつうに肯定《こうてい》された。

シロクマを持ちだした少女がいった。

「それで、わたしたちは、人間の男より、シロクマのメスに近いんじゃないかって。」

もうひとりの少女が首をかしげた。

「え、そうかなあ……。」

「近いっていっても、形とかじゃなくて、気持ちがね。」

「気持ち？」

「そう。わたしたちって、人間の男の気持ちより、シロクマのメスの気持ちのほうに近いんじゃないかって。」

「そうかしら。」

「うん。たとえば、シロクマって、子どもを二頭生むんだけど、氷の上っていうか、雪の上っていうか、そういうところをね、二頭の子どもをつれて、歩いていくとするでしょ。そういうときのメスのシロクマの気持ちって、きっと男にはわからないって、ママはそういうのよ。」

「ふうん。つまり、シロクマのオスの気持ちなんて、こっちはわからないんだから、人間の男の気持ちもわかりっこないってこと？」

「まあ、そういうことかな。シロクマのオスも人間の男も、シロクマのメスの気持ちはわからないのよ。シロクマのメスの気持ちがわかるのは、シロクマのメスと人間の女だってこと。だから、ぎゃくにこっちから見れば、シロクマだろうが人間だろうが、オスのことは、どうせ考えたってわからないんだから、奇妙《きみょう》だと感じても、まあ、そういうことなんだって、そう思うしかないのよ。」

「そういえば、うちのパパもよくいってるよ。男女のあいだには、アケローンが流れているんですって。」

「アケローンって、何それ？」

「ギリシャの川の名前みたい。」

「ギリシャの川？」

「うん。」

「だけど、どうして、男と女のあいだに、ギリシャの川が流れているの？」

「べつにギリシャの川じゃなくても、ラインでもマインでも、ドイツの川だってよくて、川幅《かわはば》がけっこうあれば、どこの川でもいいんじゃないかな。いいたいことは、こっちからむこうにわたれないってことじゃないかしら。」

「つまり、気持ちが通じないってこと？」

「そういうこと。あ、きたよ。」

とひとりがいったところで、公園の丁字路《ていじろ》をまがって、市電がこちらにやってくるのが見えた。

行先表示《ゆきさきひょうじ》にある番号は、フランツが待っていた路線の番号だったが、いかにもそれを待っていたのではないというふうに、フランツはその市電をやりすごした。

市電はふたりの少女を乗せて、去っていった。

フランツはいそいで公園にもどった。

ギリシャの西岸に河口《かこう》を持つアケローンは、神話ではただの川ではない。この世とあの世の境《さかい》の川なのだ。

フォン・リヒトホーフェン男爵《だんしゃく》の飛行機が飛んできた方角には、池のようなものがあった。あれは、川だったのかもしれない。男爵はその川をこえてきたのだ。

フランツはそう思うと、あの水がなんなのか、たしかめずにいられなくなったのだ。

フランツは公園のゲートをくぐると、芝生《しばふ》を横ぎって、林にむかって走った。

空がくもってきたため、林のむこうはさきほどのように光ってはおらず、そこが水なのか地面なのか、さだかではなかった。

ひょっとして、池とか川とか、そういうものは存在《そんざい》しないのではなかろうか。さっきだけ、つまり、あの飛行機がやってきて、帰っていくまでのあいだだけあった川なのではないだろうか……。

フランツはそんな気がしてならなかった。

だが、林の手前で、それがまちがいだということがわかった。

林のむこうには、たしかに川があった。

林をぬけ、川岸に立ってみると、それは、どこの町にもあるふつうの川で、左のほうは林の中に消えていたが、右のずっとむこうのほうには、石橋がかかっていた。

なんだ、橋でわたれる、じっさいにある川だったのか。

フランツはなかば安心し、なかばがっかりして、ため息をついた。

とぼとぼと歩いて公園のゲートにもどるあいだに、しだいに雲があつくなっていった。

公園から出るとき、フランツの顔に冷たいものがあたった。

雪だ。

停留所《ていりゅうじょ》までもどると、ちょうどさっきと同じ番号の市電がやってきた。

フランツは市電に乗り、あいている席にこしかけた。

市電が走りだした。

窓《まど》を見ると、雪がちらちらふっているのが見えた。

市電が右にまがると、雪ははげしくなり、町から色がうしなわれていった。

そうはいっても、さっきのそれとはちがい、降雪《こうせつ》のせいで、町の色がうすくなっているように見えるだけなのだ。

世界大戦で亡《な》くなった撃墜王《げきついおう》と公園で会ったこと自体は、どういうわけか、フランツはあまりふしぎだとは思わなかった。それよりも、グライリッヒさんがなぜ自分でライオンをとりにこなかったのかが気になる。

自分ではこれないとか、きたくないとか、何か事情《じじょう》があるのだろうか……。むこうにいってしまえば、そうかんたんにはもどれないというのはわかる。しかし、きたくないとしたら、その理由はなんだろう……。

市電が停留所にとまったとき、さっきの少女の言葉がフランツの頭をよぎった。

「どうせ考えたってわからないんだから、奇妙《きみょう》だと感じても、まあ、そういうことなんだって、そう思うしかないのよ。」

男爵《だんしゃく》は、あのライオンがどうしてこの町にあったのか、わからないといっていた。この町にあったのは、グライリッヒさんが自分に何かを思い出してほしかったからではないかといっていた。けれども、何を思い出してほしいかはクルトの問題だといい、フランツが何を思い出すかはフランツの問題だというようなこともいっていた。

自分には、何か思い出さねばならないことがあるのだろうか。

何かだいじなことを忘《わす》れているのだろうか。

ギリシャの神話では、冥府《めいふ》には、忘却《ぼうきゃく》の川、レーテーが流れており、あの世にいった者はすべて、その川の水をのまされ、生前のことを忘《わす》れることになっている。

男爵《だんしゃく》はレーテーの水をのまなかったのか……。

そんな、どうでもいいことが頭をよぎったあと、フランツはぼんやりとふたつの川のちがいを思った。

アケローンはじっさいにある川なのに、レーテーはこの世にはない。アケローンは境界《きょうかい》の川だから、一方の岸はこちら側にあるのに対し、レーテーは冥界《めいかい》を流れているから、この世からは見えないのだ……。

そんな、あたりまえのことに気づいたとき、車掌《しゃしょう》の声が聞こえた。

「つぎはフリードリッヒ通り。」

フリードリッヒ通りの停留所《ていりゅうじょ》で市電をおりると、一ブロックさきに、ジークムント・ホテルが見えた。

Die Hinweise

ヒント

あちらこちらまわったせいで疲《つか》れたのだろう。フランツはホテルの部屋にもどると、ごろりとベッドに横になり、そのまま眠《ねむ》ってしまった。

目をさますと、部屋は暗かった。

電灯をつけて、ベストのポケットから時計を引っぱりだすと、時刻《じこく》は七時をすぎていた。

窓《まど》を開け、外を見た。

雪はまだふっており、建物や木々は白い雪におおわれている。

このままふりつづければ、あしたはまた列車がとまるかもしれない。

そんなことを思いながら、フランツは階段《かいだん》で一階におりていき、レストランで夕食をとった。

食事がすんで、時計を見ると、まだ八時にもなっていない。

フランツはいったん部屋にもどり、コートを着て、ホテルを出た。

深夜画廊《しんやがろう》を見にいったのだ。

どうせまだ開いていないだろうと思ったが、意外にも、店の窓からあかりがもれているではないか。

フランツはドアに手をかけた。そして、その瞬間《しゅんかん》、最初にここにきたときに会ったスーツ姿《すがた》の男のことを思い出した。

「子どものときにわが家にあって、どこかにいってしまった『長靴《ながぐつ》をはいた猫《ねこ》』にも、ここで出会えるなんて！」

と男はいっていた。

そのとき、フランツは、男が店で手に入れた『長靴をはいた猫』というのは、子どものときに持っていた本と同じ版《はん》の本のことだと思ったのだが、ひょっとして、それはちがうのではないだろうか。同じ版の本ではなく、小さいころに持っていた『長靴をはいた猫』の本そのものということだったのではないだろうか。

グライリッヒさんにあげたライオンがここにあったのだ。だとすれば、そう考えるほうがすじがとおっているではないか。

いったい絵本がどれくらい印刷《いんさつ》されるのか、それは知らない。しかし、あの男は運転手つきのメルセデスに乗っているのだ。豊《ゆた》かな生活をしているにちがいない。あちらこちらの古本屋にたのんでおけば、何百年も前の本ならいざ知らず、そうでなければ、同じ版《はん》の本など容易《ようい》に手に入るのではないだろうか。

あの男がさがしていたのは、子どものときに持っていた本そのものなのだろう。だからこそ、あんなによろこんでいたのだ。

でも、どうして、その本が自分の持っていた本だとわかったのだろう。

そんなことを考えながら、ドアを開けると、店に客はおらず、オイレ夫人がひとり、カウンターのむこうで、こちらをむいて立っていた。

「こんばんは。オイレ夫人。」

フランツがあいさつすると、オイレ夫人は、

「こんばんは。フックスベルガーさん。雪はまだふっているかしら。」

といった。

Der
Gestiefelte
Kater

「はい。まだ……。」

と答えてから、

「きのうの夜、ここにいらした紳士《しんし》ですが、あのかたが手にしてらしたのは、小さいときに持っていたという……。」

とそこまでいうと、オイレ夫人がそれをさえぎった。

「『長靴《ながぐつ》をはいた猫《ねこ》』ですけど、それがどうかしました？」

「いえ、あの本というのは、あのかたが持ってらした本と同じ版《はん》の本なのか、それとも、その本そのものなのか、ちょっと気になったのです。」

「もちろん、その本そのものです。あのかたは、一か所、猫の絵に帽子《ぼうし》をかぶらせたのです。いたずら書きですね。どこでなくしたのか、おぼえてらっしゃらないようですが、まあ、子どものころの宝物《たからもの》というのは、たいていどこかにいってしまうものですからね。」

オイレ夫人はそういってから、

「ところで、ライオンはお受けとりになりましたか。」

といった。

フランツはカウンターの前までいって答えた。

「はい。それで、お礼をもうしあげにまいったのです。どうもありがとうございます。」

オイレ夫人はかすかにうなずき、

「どういたしまして。」

といった。

フランツは言葉をつづけた。

「それから、代金をお支払《しはら》いしないと、と思いまして。おいくらお支払いすればよいでしょうか。もっとも、旅のとちゅうですので、たりない分は、あとでお送りすることになるでしょうけれど。」

「代金?」

といって、オイレ夫人はかすかに首をかしげてからいった。

「あれは、あなたがわたしからお買いあげになったものではないでしょう。買うとおっしゃらないのに、わたしがかってにおとどけしたのですから、代金はいりません。それに、あれはあなたのものにはなってないでしょう？」

「そうなのです。つまり、なんというか、あれは持ち主にかえしてしまいました。といっても、持ち主に直接《ちょくせつ》かえしたのではありませんが……。」

フランツがどう説明しようかと、そこで言葉をとぎらせると、オイレ夫人はあたりまえのように、

「そうでしたか。」

といい、それからこういった。

「ああいったものは、それを必要としている人のところにいくのです。べつのいいかたをすれば、ほんとうの持ち主のところにね。」

「だけど、それならなぜ、あれがきのう、ここにあったのです？」

「それは、あなたがあのライオンを必要としていたからか、持ち主があなたに見せたかったからか、理由はそんなところでしょう。」

「だって、あれはあなたがどこかから仕入れてきたというか、手に入れてきたというか……。」

フランツがそういうと、オイレ夫人は首をふった。

「いいえ。わたしは、どこかであのライオンを手に入れたのではありません。あのライオンはあなたがいらっしゃる数日前に、ガラスケースの中にあらわれたのです。」

「そんな……。」

とつぶやきながらも、フランツは、そういうこともあるかもしれないと思った。

市電の停留所《ていりゅうじょ》にいた少女の言葉が、また頭をよぎった。

「どうせ考えたってわからないんだから、奇妙《きみょう》だと感じても、まあ、そういうことなんだって、そう思うしかないのよ。」

奇妙だと感じても、まあ、そういうことなんだって、そう思うしかない……。

いや、じつをいえば、フランツはもう、ライオンがこの店にあったことを奇妙《きみょう》とすら思っていなかった。それより、グライリッヒさんが何を自分に思い出させようとしているのか、そちらのほうが気になった。

フランツはいった。

「ひょっとしたら、もうごぞんじかもしれませんが、いえ、ごぞんじだとしても、なぜあなたが知ってらっしゃるのか、わかりませんが、あのライオンは、少年のときに近所の人にあげたもので、そのかたは戦死されてしまったのです。それで、きょう、あのライオンをわたしのところにとりにきたかたがおっしゃるには、ライオンの持ち主、それはグライリッヒさんというのですが、そのグライリッヒさんがわたしに、何か思い出させたいんじゃないかって。ですが、それがなんなのか、わたしにはわからないのです。」

「そうでしたか。」

オイレ夫人はそういったが、その〈そうでしたか〉は、さきほどの〈そうでしたか〉とはちがい、あたりまえのことをあたりまえのようにいったふうでもなく、かといって、その話をもっと聞きたいという〈そうでしたか〉なのか、そんなことには興味《きょうみ》がないという〈そうでしたか〉なのか、フランツには察しかねた。それで、フランツがだまっていると、オイレ夫人はいった。

「でも、ここにいらしても、あなたが思い出さねばならないこと、いえ、思い出したいことを、わたしが教えてさしあげることはできません。できないというのは、ゆるされてないということではなく、可能《かのう》ではないということです。」

それから、オイレ夫人はしたしげな笑《え》みを口もとにうかべて、

「だけど、なんというか、ヒントのようなものはあったでしょう？」

といった。

「ヒント？　ヒントって？」

「だって、あのライオンだって、ヒントにすぎないでしょう。もし、あなたに思い出したほうがいいことがあるなら、ほかにも、ヒントと出会ってらっしゃるのでは？」

「ヒントに出会う？」

「そうです。だれだって、ヒントに出会うのです。ヒントは連続してあらわれますからね。それで気づかなければ、それは、気づきたくないからです。気づきたくないものを無理に気づかせてもね、そんなの、幸せとはいえないでしょ？」

「そうかもしれません。ライオンをとりにいらしたかたも、帰りぎわに、わたしが何を思い出すかはわたしの問題で、自分の問題ではない、というようなことをおっしゃってました。」

「あら、あのかたらしい。」

そういったところをみると、オイレ夫人はそれがフォン・リヒトホーフェン男爵《だんしゃく》だと知っているのだろう。

だが、どうしてオイレ夫人が知っているのか、フランツにとって、それはどうでもよかった。どうでもいいというより、それよりも、自分が思い出さねばならないことのほうが重要だった。

「ヒントに出会うというのは、ヒントを見るということですか？」

フランツがさらにたずねると、オイレ夫人はいった。

「見る？　見るとばかりはかぎりません。人によっては、音だったり、においだったりすることもあるでしょう。でも、形をとってあらわれることのほうが多いかもしれません。けれども、ここでこれ以上お話ししていても、何かがわかるということはないでしょう。ところで、ミュンヘンにむかわれているということでしたが、いつおたちになるのですか。」

「いつときめているわけではありません。雪がやんで、鉄道がとおっていれば、あしたにでもと思っています。」

「じゃあ、あしたまでに、思い出されるといいですね。」

「ええ……。」

とつぶやくようにフランツがいうと、今気がついたというようように、オイレ夫人がいった。

「そういえば、昨夜、あなたがいらしたとき、席をはずしてしまって、ごめんなさいね。ちょっと、人をむかえにいかなければならなくなって、失礼いたしました。あとで気づいたのですけど、二階のドア、開けておかなかったから、あなた、まだ二階をごらんになってないでしょ？　お時間があったら、見てらっしゃいます？」

「もちろん、そうさせていただきます。見てもよろしいなら。」

「今なら、鍵《かぎ》もあいているし、電気をつけてさしあげます。」

オイレ夫人はそういって、かべにあったスイッチをひねった。

それが二階の電灯のスイッチなのだろう。

「さ、どうぞ。ごゆっくり。」

オイレ夫人が螺旋階段《らせんかいだん》を手でさししめした。

フランツはゆっくり階段をあがっていった。

Das Gesicht

顔

螺旋階段《らせんかいだん》をあがりきったところにあるドアは、オイレ夫人がいったとおり、鍵《かぎ》があいていた。

フランツはドアを押《お》して、中に足を一歩ふみいれた。

同じ建物の一階と二階のはずなのに、一階の店より二階のほうがだいぶ広いように感じられた。幅《はば》は同じくらいなのだが、一階よりもおくゆきが深い。

左右のかべには、ずらりと絵がかかっている。ざっと見わたしたところ、幅も高さも、一メートルをこえるものはなさそうだった。

部屋の中央には、腰《こし》の高さくらいの長い陳列台《ちんれつだい》がおくまでつづいている。かべと陳列台にはさまれた通路は回廊《かいろう》のようになっており、そこをいけば、画廊《がろう》のすべての作品をひととおり見て、ドアにもどってくることになる。

フランツは右の通路をいくことにした。

かべの絵も、陳列台にならべられた像《ぞう》や陶磁器《とうじき》なども、作者の名や作品のタイトルや、作られたり、描《えが》かれたりした年が書かれたプレートはそばにない。

入ってきた客を出むかえるように、陳列台の上には、ドアのほうにむけられて、葉書の半分ほどの大きさの金色の額《がく》がおいてあった。

中に入っているのは一枚《まい》の小さな写真で、まだおとなになりきっていないが、さりとて子どもともいえないような少女がうつっていた。写真なので色までわからないが、ウェーブのかかった髪《かみ》が金髪《きんぱつ》であることは想像《そうぞう》できた。目は大きく、口は小さい。映《えい》画女優《がじょゆう》だといっても、だれも疑《うたが》わないだろう。セーラーカラーの上着を着ている。

そのとなりには、東洋の仏像《ぶつぞう》のようなものがいくつかあった。

さらにそのさきには、ガラスの器《うつわ》や陶磁器がならんでいた。その中で、作者名のプレートがなくても、だれの作品かわかるのは、トンボが描かれたガラスのつぼだけで、だれがどう見ても、それはエミール・ガレの作品にちがいなかった。

かべの絵のほうは、画風で画家がわかった。

最初の絵はエドゥアール・マネの人物画、そのとなりはアルフレッド・シスレーの風景画、そして、エゴン・シーレの街並《まちな》みの絵というふうに。そのような名のある画家の絵がいくつかつづいたあとに、時計台広場の家の絵が三点かかっていた。描《えが》かれている建物からみても、また、絵のタッチからみても、それは美術館《びじゅつかん》にあったアルフレート・フォン・ゼーラント少年のものにちがいなかった。

そのさきには日本の版画《はんが》があった。画家の名はわからないが、本で何度か見たことのある絵で、描かれているのは、大波に翻弄《ほんろう》される船と遠景の山だ。そのあと、やはり日本の版画が数点つづいて、そちらのかべはそれで終わりだった。

陳列台《ちんれつだい》のいちばんはしにあるのは、象の顔をし、手が四本あるインドの神像《しんぞう》だった。陳列台にあるものの中では、これがいちばん大きく、高さは一メートルをこえていた。

その像の前をとおりすぎると、つきあたりに、ピーテル・ブリューゲルの農村の祝祭を描いた絵があった。かべの絵の中では、それがいちばん大きかった。

その農村の祝祭の絵と象の顔をした神像のあいだをとおって、フランツが通路をまがろうとしたとき、象の神像のうしろに、高さが三十センチほどの石膏像《せっこうぞう》があるのが目に入った。

あやうくフランツは声をあげてしまうところだった。

のどまで出たおどろきの声をぐっとのみこんで、フランツはその像に見いった。

それは、〈サモトラケのニケ〉だった。

しかも、頭部も両腕《りょううで》もあった。ひじをまげており、これから腕を前に出そうとしているところのようだ。

それは、フランツが子どものときに、頭部と両腕を作ったあのニケではないか。

フランツの口からひとりごとがもれた。

「これはまちがっている。こうではない……。」

父親がニケを持ち帰ってきたときは、こわくてよく見なかったので、気づかなかったのだろう。そして、その後、写真で何度か目にしたはずで、きょうも美術館の庭で見たのに、今の今まで気づかなかった。

フランツは、ニケがこれから飛びたとうとしているとばかり思いこんでいた。

でも、それはちがう！

飛ぼうとしているなら、もっと腰《こし》を落としているはずだし、左足のかかとをこんなに高くあげているはずはない。しかも、まだ飛んでいないなら、衣《ころも》が腰のうしろで、こんなに風をふくんでいるはずがないのだ。

ニケは、〈サモトラケのニケ〉は、飛ぼうとしているのではなく、今、空から舞《ま》いおりたところなのだ！

そうなると、両腕《りょううで》はこうではない。もっと大きくひろげて、着地のバランスをとろうとしているにちがいない。

そう思って、フランツが〈サモトラケのニケ〉を正面から見たとき、両腕が動いた。

今、フランツが思ったとおり、大きく左右にひろげたのだ。

フランツはニケの顔を見た。

それは、フランツが小さいときに紙粘土《かみねんど》で作ったもので、美しいとはほど遠いものだった。

両腕とちがって、これはまちがっているとか、こうではないと思うまでにもいたらない。こうでないどころか、まるでちがう。こんなものよりはるかにもっと美しいはずだ。

では、どんな顔なのだ？

フランツは、これまでに会った美しい女の顔を思い出し、その顔がニケの首にのっているところを想像《そうぞう》した。

だが、どの顔もニケにはふさわしくない。

ところが、ニケにふさわしい顔をどこかで見たような気がするのだ。それも、何年も前のことではない。それどころか、何か月も前ですらない。数日前のことだろうか……。いや……。

そこまで思ったとき、今度はじっさいに、

「あ……。」

と声をあげてしまった。

フランツはドアの前までかけもどった。

陳列台《ちんれつだい》の上にあった少女の写真！

なぜ、それが〈サモトラケのニケ〉にふさわしいのか、その理由はわからない。

けれども、フランツは確信《かくしん》した。

その写真はニケの写真だ！

だが、ギリシャ神話の女神《めがみ》をうつした写真など、あろうはずはない。

そんなことは、フランツにもわかる。

しかし、その写真はニケの写真だ。着ているものはちがうが、それはニケにちがいない。それがいいすぎなら、〈サモトラケのニケ〉のうしなわれた頭部は、その写真と同じ顔をしていたにちがいないのだ。

子どものときとはちがい、恐怖《きょうふ》からではなく、だからといって、その気持ちは名づけようもなく、ただ、はげしく胸《むね》のおくからつきあげてくる熱情《ねつじょう》としかいいようのない気持ちから、フランツは、どうしても、ニケの頭部と両腕《りょううで》を再現《さいげん》しなければならないと思った。

神がいるとかいないとか、生きていることの意味や価値《かち》がどうなのかとか、世界の本質《ほんしつ》はなんなのかとか、そんなことがなんだというのだ。それがわかると、何が変わるのだ。それがわかったからといって、何ができるのだ。何を知るかは、何をしたいかのためにある。知るだけでは、話にならない。

今、フランツは、自分が何をしたいかがわかった。

フランツはまず、ニケの頭部と両腕を自分のイメージどおりに作りあげたいのだ。そして、それができたら、さらには、心にうかぶ、美しいもの、おそろしいもの、そういうイメージを形にしたい。フランツがしたいのは、そういうことなのだ。心象《しんしょう》を形にするのだ。

小さいときに、それに気づけばよかった。

今、思い出した。父親が持ってきた〈サモトラケのニケ〉に頭と腕をつけようとしたとき、フランツは夢中《むちゅう》で作っているさいちゅう、ニケに首がないことがこわくなくなっていた。そして、グライリッヒさんにライオンをとどけたとき、そのライオンがほんとうに、フランス軍の弾丸《だんがん》からグライリッヒさんを守るにちがいないと信じた。粘土《ねんど》や金属《きんぞく》や木材で、心中《しんちゅう》のイメージを、見て、さわれるものにすること、それがフランツのしたかったことであり、したいことなのだ。

グライリッヒさんがフランツに思い出させようとしたのは、そういうことだったのだ。

「そうだったのか……。」

ひとりごとをいって、フランツは天井《てんじょう》を見あげた。

そして、〈サモトラケのニケ〉の前にもどった。しかし、ニケにはもう、頭部も両《りょう》腕《うで》もなかった。

だが、そこに頭部と両腕がないことは、もはや問題ではなかった。

フランツはもう一度、ドアのほうにむかった。

かべの絵や陳列台《ちんれつだい》の像《ぞう》には目もくれなかった。

最後に、陳列台《ちんれつだい》のいちばんはずれにある少女の写真をじっと見つめ、それを心に焼きつけた。

ドアは開いたままになっている。フランツは階段《かいだん》をおりた。

オイレ夫人はカウンターの内側にいた。

おりてきたフランツを見て、オイレ夫人がいった。

「ずいぶん晴れやかなお顔をして、何かおわかりになりました？」

「ええ。ミュンヘンにいくのはやめて、ベルリンにもどることにいたします。」

「そうですか。」

その〈そうですか〉には、どこか賛意《さんい》がふくまれているように感じられた。

「はい。彫刻家《ちょうこくか》になります。べつにミュンヘンにも美術《びじゅつ》学校はあるでしょうが、いきなり入学しても、技術《ぎじゅつ》が追いつかないでしょう。ベルリンに帰れば、いろいろてもありますから、なんというか、美術学校に入る前の予備《よび》学校のようなものが見つかると思うのです。しばらく、そういうところで勉強してみようかと、そう思うのです。」

フランツの言葉に、オイレ夫人はほほえんで答えた。

「あなたの人生ですから、あなたがお好きなようになさるのがよいでしょう。」

「画廊《がろう》を見せていただいて、どうもありがとうございました。」

「ヒントはございましたか。」

「ええ。もちろん。それに、気づいてみれば、きょう一日、あちこちで、いくつものヒントに出会っていたのです。時計台広場のペガサス、市役所広場の四体の悪魔《あくま》、美術館のニケ、フォン・リヒトホーフェン男爵《だんしゃく》のフォッカー……。どれも、翼《つばさ》があります。」

「翼がどうして、あなたにとってヒントでしたの?」

「むろん、ニケに立ち帰らせるという意味がいちばんです。それから、今いるところから、まるでべつのところに、いっきにうつるためには、やはり翼が必要なのです。ヒントは、わたしに『飛べ!』と教えようとしたのです。」

そのとき、店のドアが開き、だれかが入ってきた。

それは、そろそろ中年にさしかかろうとしている男だった。

男は、店に先客がいると見て、入り口近くに立ちどまったまま、おくに入ってこようとしなかった。

オイレ夫人がその男にむかって、声をかけた。

「ちょっとお待ちくださいね。ドローセルマイアーさん。おさがしになっている『グリム童話』の初版本《しょはんぼん》、手に入りました。」

それから、オイレ夫人は小声でフランツにいった。

「翼《つばさ》といえば、オイレ、つまりフクロウにも、翼がありますからね。」

そのとき、オイレ夫人の肩《かた》が少しもりあがったように見えた。

そういえば、昨夜もオイレ夫人の左右の肩甲骨《けんこうこつ》のあたりがぼやけて、ふくらんだように見えたではないか。

しかし、もしもオイレ夫人の肩に翼があったとしても、それがどうだというのだ。

「ほんとうにありがとうございました。列車が動いていれば、あした、ベルリンに帰ります。」

フランツはそういって、店の入り口にむかって歩きだした。だが、何歩か歩いたところで立ちどまって、ふりかえった。

「そうだ。オイレ夫人。ひとつ、おたずねしたいことがあるのですが。」

「なんでしょう？」

「二階の画廊《がろう》の、入ってすぐのところに、少女の写真がありますよね。あれ、どなたの写真です。」

「どなたのって？　持ち主のことですか。それなら、わかりますが、うつっている少女がだれなのか、それはわかりません。」

「それなら、写真の持ち主は？」

「あの写真は、マンフレート・フォン・リヒトホーフェン男爵《だんしゃく》が亡《な》くなられたとき、おさいふの中に入っていた写真です。きっと恋人《こいびと》の写真ではないでしょうか。」

「男爵はなぜ、ここにとりにこないのです?」

「さあ、ここにおいておいたほうが安全だと思ってらっしゃるからではないでしょうか。」

オイレ夫人が冗談《じょうだん》でそういっているのか、本気でそう思っているのか、それはわからなかった。それでも、フランツは、

「なるほど。」

といい、もう一度、

「どうもありがとうございます。」

と礼をいって、店を出たのだった。

いつのまにか、雪はやんでいた。空は晴れわたり、つもった雪に月光が反射《はんしゃ》して、きらめいていた。

あとがき

かってな思いこみかもしれないが、古代ギリシャ・ローマの彫刻《ちょうこく》の両横綱《りょうよこづな》は、〈サモトラケのニケ〉と〈ミロのヴィーナス〉ではあるまいか。

双方《そうほう》とも腕《うで》がなく、〈サモトラケのニケ〉は頭部もない。頭部がなくても横綱なのか、頭部がないから横綱なのか、そのあたりのことはわからないが、ないとなると、あったときには、それがどのようなものだったか、つい想像《そうぞう》してしまう。とはいえ、想像しようとしても、うまく想像できないのが、〈サモトラケのニケ〉の顔ではなかろうか。

古代の彫刻から、二十世紀初頭のドイツの撃墜王《げきついおう》に話が飛んで、とうとつかもしれないが、今となっては想像するしかないもののひとつに、マンフレート・フォン・リヒトホーフェン男爵《だんしゃく》のガールフレンドの顔がある。二十五歳《さい》という若《わか》さで亡《な》くなった男爵のさいふの中には、美しい少女の写真があったらしい。だが、その写真がどこにいってしまったのか、わからない。

さいふの中にあっただけだから、それが恋人《こいびと》の写真かどうか、じつのところ、それもわからない。わからないから、想像するしかない。

きっとその少女は男爵の恋人で、金髪《きんぱつ》だったにちがいない。だれに似《に》ているかというと、こちらのほうはわたしにとって〈サモトラケのニケ〉の顔より想像しやすい。ドイツの女優《じょゆう》、マレーネ・ディートリッヒに似ていたのではないだろうか。

男爵は一八九二年の五月生まれで、マレーネ・ディートリッヒは一九〇一年の十二月生まれだから、ふたりは九歳しかちがわない。ふたりは同時代人で、男爵が亡くなった一九一八年四月には、マレーネ・ディートリッヒは十六歳だった。

もちろん、男爵が亡くなったとき、マレーネ・ディートリッヒはまだデビューしていないから、男爵が写真を持っていたとは思えないが、しかし、ふたりが出会ったことは一度もないという証明《しょうめい》もできないだろう。

そうなってくると、男爵《だんしゃく》のさいふの中にあったのはマレーネ・ディートリッヒの写真だったどころか、マレーネ・ディートリッヒはじつは男爵の恋人《こいびと》だったのではなかろうか……と、そのように空想するのは、とても楽しい。

だが、しかし、その空想があたっているとなると、いつか作ったであろうフランツのニケの顔は、マレーネ・ディートリッヒの顔ということに……。

しかし、そうはいっても、フランツが作るニケ像《ぞう》の顔がマレーネ・ディートリッヒの顔というのは、どうかと思う。

空想は矛盾《むじゅん》する。

それはともかく、本書は、あかね書房《しょぼう》から出した『ドローセルマイアーの人形劇場《にんぎょうげきじょう》』と、本書と同じ偕成社《かいせいしゃ》から出版《しゅっぱん》の『アルフレートの時計台』とあわせ、これを「イェーデシュタット三部作」としたい。

三部作ということは、イェーデシュタットを舞台《ぶたい》にした物語はこれで終わりかというと、そうはいっていない。いつか気がむいて、たとえば、この物語のフランツのように、何かヒントにめぐりあって、イェーデシュタットにふさわしい着想を得たら、四作目を書くのではなかろうか。

オイレ夫人も、

「だれだって、ヒントに出会うのです。ヒントは連続してあらわれますからね。それで気づかなければ、それは、気づきたくないからです。」

といっている。

しかし、ヒントの神はそんなに親切ではないかもしれない。たかをくっていれば、連続などせず、たった一度しか出会わないこともあるだろう。

斉藤　洋

平成二十八年三月

斉藤 洋（さいとう ひろし）

1952年、東京都に生まれる。中央大学大学院文学研究科修了。1986年に『ルドルフとイッパイアッテナ』で講談社児童文学新人賞を受賞してデビュー。1988年には『ルドルフともだちひとりだち』で野間児童文芸新人賞を、1991年には、『ペンギンハウスのメリークリスマス』など、それまでの業績に対して路傍の石幼少年文学賞を、2013年には『ルドルフとスノーホワイト』により野間児童文芸賞を受賞。おもな作品に「白狐魔記」シリーズ、「イーゲル号航海記」シリーズ、「なん者・にん者・ぬん者」シリーズ、「西遊記」シリーズ、『ジーク』『アゲハが消えた日』『ベンガル虎の少年は……』『風力鉄道に乗って』などがある。

森田みちよ（もりた みちよ）

愛知県生まれ。イラストレーター。おもな絵本に、「ミニしかけえほん」シリーズ、「ぶたぬきくん」シリーズ、挿し絵の作品に、「なんでもコアラ」シリーズ、「キッズ生活探検 おはなしシリーズ」、『ドローセルマイアーの人形劇場』『アルフレートの時計台』『K町の奇妙なおとなたち』『遠く不思議な夏』『現代落語 おもしろ七席』『あやかしファンタジア』『夜空の訪問者』『クリスマスをめぐる7つのふしぎ』『日曜日の朝ぼくは』などがある。

オイレ夫人の深夜画廊

2016年6月　初版第１刷

著者　斉藤 洋
画家　森田みちよ
発行所　今村正樹
発行所　株式会社偕成社
東京都新宿区市谷砂土原町3-5　〒162-8450
電話　販売部 03-3260-3221　編集部 03-3260-3229
http://www.kaiseisha.co.jp/

印刷所　小宮山印刷株式会社／中央精版印刷株式会社
製本所　中央精版印刷株式会社

20cm　158p.　NDC913　ISBN978-4-03-643150-2
Published by KAISEI-SHA. Printed in Japan.

本のご注文は、電話・ファックスまたはEメールでお受けしています。
Tel：03-3260-3221　Fax：03-3260-3222　e-mail：sales@kaiseisha.co.jp

アルフレートの時計台

斉藤 洋

小児科医のクラウスは、少年時代をすごした町、イェーデシュタットに赴任することになった。その町の広場には古い時計台があり、その時計は、クラウスが子どものときからずっとこわれていて、三時をさしたままだった。なぞめいた時計台を舞台に、時をこえる少年の日の友情を描いたファンタジー。

イラスト：森田みちよ